W0060909

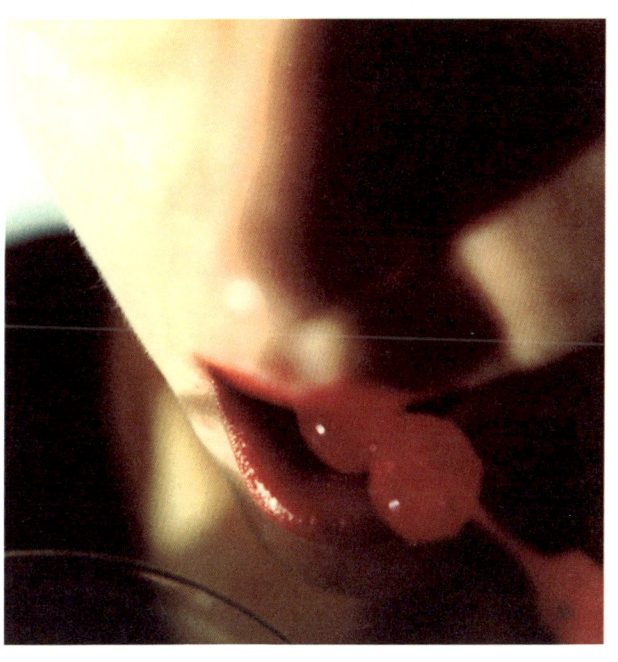

Zur Autorin
Regina Nössler, * 1964, veröffentlichte in Anthologien, im Rundfunk und in „Mein heimliches Auge VII". Dies ist ihre erste Buchveröffentlichung.

Impressum
© konkursbuch Verlag Claudia Gehrke 1994
PF 1621 - 72006 Tübingen - Tel. 07071/66551 - Fax 63539

Gesamtherstellung: Typo-Druck Roßdorf GmbH

Titelgestaltung: screenart Wannweil

ISBN 3-88769-085-0

Regina Nössler

STRAFE MUSS SEIN

Roman

Titelbild und Illustrationen
von Petra Kuczmarski

konkursbuch Verlag Claudia Gehrke

1.
Im Gingkowald

1

Rubina wachte auf und blickte auf das Poster des Tyrannosaurus Rex, mit blutigem Maul, das über ihrem Bett hing. Immer, wenn sie das Poster ansah, mußte sie unwillkürlich die Macht und die Kraft des grausamsten Raubtiers aller Zeiten bewundern.

Noch vor dem Aufstehen zählte sie im warmen Bett 14 Stellen an ihrem Körper; 14 höchst unterschiedliche Stellen, die es bitter nötig hatten.

Nachdem sie die Stellen rasch befühlt hatte, fügte sie kurze Zeit später im Badezimmer der Liste 3 weitere Stellen hinzu. Für mindestens 5 von ihnen wußte sie keine Worte. Aber wozu sie benennen – *nötig* hatten sie es!

Bei der zweiten Tasse Kaffee, schon wieder war er so eklig am Tassenrand herabgelaufen, versuchte Rubina, ihren nächtlichen Traum zu rekonstruieren, von dem sie nur noch in Erinnerung hatte, daß er heftig und nicht unschön gewesen sein mußte, so, wie es sich alle Frauen wünschen. Dann versuchte sie, im Kopf die nunmehr 17 entdeckten Körperstellen in eine logische, hierarchische Ordnung zu fügen, anhand ihrer geographischen Lage, der Größe, Hautbeschaffenheit und der Berührungsempfindlichkeit in react/sec.

Schließlich aber entließ sie sich lieber wieder in ihren täglichen, sentimentalen Jungmädchentraum, Variante Nummer 2, und träumte vor sich hin: Rubina lernt eine aufregende, sinnliche und auch kluge Person kennen, und diese Person kommt einfach nicht mehr von ihr los. Weil Rubina so gebildet und so zärtlich ist.

Der Donnerstag schien also eher einer der Tage zu werden, an denen sentimentale Vorstellungen von wundersamen Begegnungen mit ungeahnt zärtlichen Fremden ihren Geist beherrschen würden.

Sie hatte frei und beschloß, heute ins Sauriermuseum zu gehen, denn das war fern von der Welt, noch ferner als der Zoo mit seinem Terrarium, in dem schläfrige Kleinechsen aufs Essen warteten.

Ganz zart berührte sie ihren Hals, legte sich kurzentschlossen aufs Bett und fuhr mit der Hand nach schnellem Erfolg heischend zwischen ihre Beine.

Dort war es schon naß, ohne daß sie großartig etwas hätte dazutun müssen. Das Sauriermuseum war mit lebendigem Gewächs und summenden Insekten ausgestattet. Rubina las gern bunt illustrierte Bücher über Dinosaurier. Die restaurierten Gebeine eines friedfertigen Diplodocus oder eines Brachiosaurus würden sie auch heute wieder in eine fremde, unheimliche Welt entführen.

Gleich würde sie aufbrechen, um ins Sauriermuseum zu gehen.

Gleich. Gleich.

Aber zuerst mußte sie das hier noch zu Ende bringen.

2

Das Museum war an diesem Vormittag mitten in der Woche ausgestorben und leer.

Während sie das Eintrittsgeld zahlte und ihre Karte erhielt, bemerkte Rubina eine große, dunkelhaarige Frau, die hinter dem Eingang stand, einige Meter von ihr entfernt, die einfach nur dastand und Rubina anblickte.

Sie trug ein schwarzes, enges Kostüm, das den Eindruck von Reife und Strenge und auch den leichter Verwegenheit erweckte, worüber Rubina erschrak, und stand unter der Wandtafel, die alle Erdzeitalter und insbesondere die der Saurier veranschaulichte. Sie hatte eine Hand in die Taille gestützt und sah Rubina an. Lange. Unverblümt. Ernst, wie Rubina empfand.

Die Frau versperrte die Sicht auf die Tafel. Rubina würde jetzt unweigerlich in ihre Richtung und auf sie zugehen müssen, um mit ihrer Museumsbesichtigung zu beginnen; dann jedoch, kurz bevor Rubina sie erreicht hatte – sie ging sehr langsam, so als würde etwas, das eigentlich gar nicht da war, sie ängstigen und lähmen, sie überlegte schon hektisch, ob sie gleich an ihr vorbei- oder sie direkt ansehen sollte –, drehte die Frau sich um.

Sie strich, ihre Frisur ordnend, mit den Fingern über den Hinterkopf und hinunter bis auf den Nacken, umfaßte ihren Nacken wie um ein Zeichen zu setzen und verschwand im Gingkowald.

Rubina informierte sich an der Wandtafel über Trias, Jura

und Kreide und dachte daran, daß die Frau, ehe sie sich umgedreht und ihre Haare gebauscht, doch so seltsam gelächelt hatte, auf eine Weise, die Rubina noch nie zuvor sah. Sie dachte daran, daß sie vorhin irritiert und geschmeichelt war – davon, daß sie, die Jüngere, von der Älteren betrachtet wurde – und knautschte die Eintrittskarte in ihrer Hand.

Dann entschloß sie sich, zunächst den anderen Pfad, den zu den schwimmenden Ichtiosauriern, die im Trias die Meere bevölkerten, einzuschlagen, bevor auch sie in den Gingkowald ginge.

3

Da vorn im meterhohen, üppig wuchernden Farnkraut hockte sie und hatte nur auf sie gewartet. Sie hatte nur noch eins im Kopf, diese fremde Frau, und legte voller Vorfreude eine Hand auf ihre sich wölbende, pochende Schlagader am Hals, auf die weiche Haut.

Ihren Kopf und Hals konnte Rubina gerade noch erkennen und vom dichten Farngewächs unterscheiden. Dort im Grünen, nur wenige Meter von ihr entfernt, versteckte sich eine ihr völlig unbekannte Frau eigens für sie, dort hockte sie und lockte. Betörend. Weich und schwach wurde Rubina. Und wußte noch nicht einmal ihren Namen und auch nicht, ob sie sich fürchten oder freuen sollte. Teilnahmslos blickte der Apatosaurus aus 10 m Höhe herab. Rubina zögerte.

Sie wußte: dies war kein Jungmädchentraum mehr, sondern viel schlimmer.

Zwischen den dichten, saftigen Farnblättern, die schweren Pflanzenatem ausstießen, sah die fremde Frau hervor und winkte Rubina, die noch immer ungläubig und starr stand, mit dem Zeigefinger streng zu sich. Mit dem Zeigefinger der Hand, die gerade eben noch berührungssüchtig über die weiche Haut des Halses gestrichen hatte. Dieser Zeigefinger und seine Botschaft duldeten keinen Widerspruch.

Ihr Haar war taunaß, begehrlich genoß ihr Blick im Voraus die Freuden, die gleich gemeinsam empfunden werden würden, und sicher, so schoß es Rubina durch den Kopf, war das *andere* Haar, das am pochenden Zentrum des Leibes, ebenso naß. Die Botschaft des Fingers war unmißverständlich.

Rubinas Brustwarzen rieben sich am Stoff ihres Hemdes, wie wundgescheuert. *Heiße Haut und Furcht* waren ihre einzigen Gedanken. Ihr Unterhemd war nicht schön, und einen Tag getragen war es auch schon; das würde sie riechen. Aber schließlich hatte Rubina heute auch mit keinerlei enger Begegnung gerechnet. Das Unterhemd, bestimmt würde es bereits stinken, ihre Körperausdünstungen fielen ihr ein, auch ihre Unterhose, das war noch qualvoller. Sie mußte plötzlich unentwegt an Hose und Hemd denken, an den Schlüpfer besonders intensiv. Er war zwar nicht schmutzig, aber abscheulich! Was konnte noch schlimmer sein?

Diese Gedanken blockierten vorübergehend das, was in ihr aufstieg und sich dort kribbelnd ausbreitete. Sie näherte sich taumelnden Schritts, ängstlich und freudig, dem Farnbusch, weiter und weiter, und warf sich mutig und heftig entschlossen kopfüber in ihn hinein. Sie hatte ganz vergessen, wie sportlich sie sein konnte.

In ihrer Heftigkeit stieß sie gegen die harten Rippen und eine weiche Brust der im Busch hockenden fremden Frau.

Nachdem sie sich aufgerichtet hatte und auf festem Boden mitten im Riesenfarn saß, preßte Rubina, die zu ihrer eigenen Verwunderung die fremde Brust mit ihrer Hand umschlossen hielt, atemlos „Wer sind Sie?" hervor.

Ihr schrecklicher Schlüpfer fiel ihr jetzt wieder ein. Die Schmach. Das hätte sie sich eher überlegen sollen.

„Hildegard Buhmann. Ich will deine Wäsche sehen."

Mit den leeren Augenhöhlen in seinem winzigen Saurierkopf spähte der Apatosaurus, der dazu seinen übermäßig langen und schweren Hals neigen mußte, zu Hildegard und Rubina in den Busch herab.

Hildegard und Rubina saßen inmitten der Blätter, die ihre Gesichter kitzelten, voreinander und schienen vergnügt.

Hildegard Buhmann schob Rubinas Pullover hoch und riß das Unterhemd aus der Strumpfhose, in der es steckte, heraus – gottseidank hatte Rubina wenigstens darauf verzichtet, das Hemd noch zusätzlich in den schrecklichen

Schlüpfer zu ziehen – und ging ohne Umschweife zu Rubinas Scham.

„Huch, du bist ja so naß!"

Rubina schloß die Augen und sah auf sich zukommen, jetzt gleich in eine fremde und unheimliche Welt entführt zu werden. Unweigerlich sah sie die fremde Welt auf sich zukommen. Sie stöhnte leise, ohne diesen Laut beabsichtigt zu haben. Das Stöhnen erschien ihr ganz fremd, so, als käme es nicht aus ihrer eigenen Kehle. Sie kannte die Hand nicht, die sich gerade an ihr zu schaffen machte. Aber die Hand tat es geschickt und gewandt.

Hildegard Buhmann jedoch schien andere Sorgen zu haben, denn ihre Hand hatte sich in Rubinas Unterhose verfangen. Gern wäre sie noch geschickter und gewandter gewesen und gab ein böses Geräusch des Unmuts von sich.

Sei doch bitte nicht so böse, dachte Rubina und legte sich auf den Boden, in die Erde hinein.

Oder nein, sei ein bißchen böse, ein kleines bißchen nur.

Hildegard Buhmann, erfreut über die veränderten Positionen, hatte ihre Hand freigewühlt, beugte sich über Rubina und küßte ihren Mund.

Als Rubina die Augen wieder geöffnet hatte, sah sie durch den Farn hindurch hinauf zu der Glaskuppel, durch die das Tageslicht des Vormittags auf die Pflanzen und Tiere längst vergangener Zeiten fiel, und dachte an Museumswärter und lärmende Schulklassen.

Dann dachte sie kaum noch, sondern drückte ihr Becken der Hand Hildegard Buhmanns entgegen, die ihre Vulva umfaßte und rieb.

Mit der Zunge leckte sie über Rubinas Zähne, die waren geputzt, hinauf bis zum Gaumen, und tauchte mit einem Finger in sie hinein.

Schwer und feucht atmete sie in ihren Mund, biß ihre Lippen, küßte die Wangen, die Nase, die Stirn, leckte mit der Zungenspitze zuerst den Wuchs der Augenbrauen und dann die filigranen Formen des Ohrs nach.

„Du bist bestimmt 23 und Naturkundestudentin", keuchte sie in ihr Ohr und steckte die Zunge tief in ihren Gehörgang.

„Ich bin fast 30!" empörte sich Rubina und wand sich und ertrug es kaum noch.

Aber sie wollte auch endlich aktiv sein, nachdem Hildegard Buhmann schon soviel für sie getan hatte.

Deshalb öffnete sie zuerst die Jacke ihres Kostüms, dann die Bluse und stellte sich dabei an wie ein Kind, das Auf- und Zuknöpfen und Schnürsenkelbinden lernt.

Die Haut unter der Bluse war zart, weich und warm. Ungeschickt stieß Rubina gegen die Körbchen des Büstenhalters, bevor es ihr gelang, die Häkchen zu öffnen. Mit den Fingerspitzen berührte sie vorsichtig die fremden Brustspitzen, die Haut über den Rippen, den Bauchnabel, die feuchten Achselhöhlen. Direkt neben ihrem Kopf entfaltete sich soeben die riesige Blüte einer urzeitlichen Urwaldblume aus dem Gingkowald in *hot pink;* sie öffnete sich obszön zu ihrer vollen Größe und ließ Rubina kurz in ihren Schlund sehen, der weit unten an seinem Ende ein nicht zu ergründendes Geheimnis barg.

Futtersuchend stapfen pflanzenfressende Riesensaurier durch den Gingkowald, so daß der Erdboden erzitterte und bebt. Ein 50 cm langes Insekt mit langen Fühlern und einem weichen Mäulchen umschwirrte den Farnbusch. Rubina stöhnte jetzt lauter, und Hildegard Buhmann ertastete mit dem Finger ihren Muttermund.

Hör nicht auf.

Ohne Vorwarnung entzog ihr Hildegard Buhmann ihren Finger, ihre Hand, ihren Körper, entledigte sich ihres Büstenhalters und warf ihn in den Farn.

Sie knöpfte ihre Bluse zu und sagte: „Laß uns woanders hingehen. Hier gefällt es mir nicht mehr."

Rubinas Rock hatte sich, einer Schlingpflanze gleich, um ihre Beine gewickelt, so daß sie sich kaum aufrichten konnte.

„Steh auf!"

Rubina erhob sich folgsam und sah Hildegard Buhmann scheu von der Seite an. Wie groß und stolz sie doch aussah! Noch im Farn ordneten beide hastig ihre Kleidung, ließen den Büstenhalter zurück, der weiß zwischen den Blättern aufleuchtete, und traten dann mit verdreckten Schuhen hinaus auf den für Museumsbesucher vorge-

schriebenen Pfad. Vor einer Wandtafel, die die Kontinental-
verschiebung im Zeitalter der Saurier und den Riesenkonti-
nent Pangaea illustrierte, blieben sie stehen.

Gern hätte Rubina den fremden, verlockenden Hals, dessen Geruch sie sich vorzustellen versuchte, an der Stelle
berührt, unter der der Puls schlug. Gern hätte Rubina gefragt, was sie da eben getan hatten, aber diese Frage erschien ihr sehr dumm.

Hildegard Buhmann bemerkte ihren Blick und sagte sanft
und diabolisch: „Ich weiß genau, was du jetzt tun möchtest."

Sie lächelte und strich flüchtig über Rubinas Brust. Die
Brustwarze wurde hart und zeichnete sich unter dem Pullover ab.

„Ich glaube, ich war vorhin ein wenig grob zu dir."

Sei grob zu mir.

„Och, nein, gar nicht", sagte Rubina und hing an Hildegard Buhmanns Lippen.

4

Sie wechselten in die Abteilung für Carnosaurier und bewegten sich weiter durch die Zeitalter von Jura und Kreide.

Wenn im Frühling die Säfte steigen. Mit seiner Urgewalt
trennt das Tethysmeer die Kontinente Laurasia und Gond-
wanaland voneinander. Wie würde sich Hildegard Buhmann anfühlen, dort unten, an den verborgenen Lippen
und Falten?

Die Raubsaurier, so erfuhren sie, waren die schrecklichsten Geschöpfe, die jemals ihren stampfenden Fuß auf die
Erde gesetzt haben und konnten ihren Opfern mit dolchar-
tigen Zähnen große Fleischstücke aus dem Leib reißen,
was sie auch gern taten.

Hier warteten die riesigen Skelette eines grausamen Allo-
und eines Tarbosaurus darauf, bewundert zu werden. Ru-
bina gruselte sich sehr. Sie wußte, daß ihr nur noch wenig
Aufschub blieb. Wie würde wohl Hildegard Buhmanns
Stöhnen klingen, und wann würde sie vor Entzücken ihre
Fingernägel in Rubinas unschuldiges Fleisch graben?

Wodurch aber sollte sie, mit ihren bescheidenen Mitteln, Entzücken und Stöhnen hervorrufen können? Sie war doch recht unbedarft, wie ihr mit einem Mal auffiel. Bestimmt würden die spitzen Schreie der fremden Frau Buhmann einen unvergeßlichen Eindruck in ihr hinterlassen.

„Wie groß mochte wohl ein Dinosaurierhaufen gewesen sein?" kicherte Rubina unbeherrscht los, schämte sich im selben Augenblick dafür und schwitzte stark.

Sie schmiegte sich eng an Hildegard Buhmanns Körper, in der Hoffnung, bei ein wenig weiblicher Zärtlichkeit würde sie sich erbarmen und ganz weich werden.

Mild und nachsichtig lächelte Hildegard Buhmann sie an. Sie schwieg. Sie steuerten direkt auf den Tyrannosaurus Rex zu, dessen 6 m hohe, rot-grüngeschuppte Plastiknachbildung der Leckerbissen des Museums war, der Höhepunkt.

Staunend blickte Rubina am Tyrannosaurus Rex empor und spürte einen Atemhauch direkt hinter sich.

Dramatisch zeigte ein Wandbild einen Raubsaurier, mit blutigem Maul über seine gutmütige, fleischige Beute gebeugt, die zuckend unter ihm verendete.

Dann griff eine Hand durch den Stoff des Rocks hindurch in ihre weiche Spalte. Hildegard Buhmann biß in Rubinas Nacken und drückte sich so fest gegen sie, daß Rubina ihre Brüste an ihrem Rücken reiben fühlte.

Hildegard Buhmann schob Rubinas Rock hoch, strich mit beiden Händen über ihre Schenkel, zuerst außen, dann innen, und zog ihr die Strumpfhose bis zu den Füßen herunter.

„Ich will dich jetzt haben", atmete Hildegard Buhmann schwer auf ihren Nacken.

Sie zog auch Rubinas Unterhose herunter, so daß ihr Unter- und Strumpfhose recht albern und erbarmenswert an den Fußknöcheln hingen, während der Rock um Hüfte und Taille geschlungen war. So gut es ging, hatte Hildegard Buhmann ihn dort geschürzt, damit er gleich nicht im Weg sein würde.

Hinter ihr stehend, unter dem lebensgroßen Abbild des schrecklichsten Raubtiers aller Zeiten, dem muskelbepackten, 8 t schweren Tyrannosaurus Rex, gab sie Rubina endlich ihre mächtige Hand und ihren Finger, der in ihr verschwand, zurück.

Während die eine Hand kosend an der pochenden, geschwollenen Stelle blieb, legte sich die andere um Rubinas Kehle, drückte leicht zu und strich dann über ihre Brüste.

Da Hildegard Buhmann einen halben Kopf größer war als Rubina, war es ihr ein Leichtes, ihren Nacken zu beißen, abwechselnd sanft und schmerzhaft fest. Sie leckte über Ohren und Hals und hinterließ dabei Speichel, den Rubina kühl auf der Haut fühlte und roch. Mit der freien Hand zerrte Hildegard Buhmann von hinten den Ausschnitt des Pullovers nach unten, wobei sie ihn rücksichtslos ausleierte, um dann mit der Zunge in die Mulde über dem Schlüsselbein zu fahren.

Sie tat das alles so, als habe sie schon immer gewußt, wie Rubina es gern hatte.

Rubinas Haut war jetzt gierig und wund. Sie war überall feucht, und immer mehr Flüssigkeit strömte aus ihr heraus.

Rubina und Hildegard Buhmann standen selbstvergessen aneinandergepreßt mitten im 10 m hohen Museumsraum, der so hoch war, damit die Saurier hineinpaßten, ohne sich die Köpfe abzuknicken. Sie waren die einzigen Besucher in diesem Teil. Ein Museumswärter, der sie sicher sofort voneinander getrennt hätte, war auch nicht in Sicht.

Hildegard Buhmann begann, hingebungsvoll an Rubinas Übergang vom Hals in die Schulter zu saugen. Gleichzeitig von vorn und von hinten umfaßte sie ihre Vulva mit beiden Händen; sie bedachte alle Öffnungen des Körpers und ließ keine aus. Rubinas Gesichtszüge nahmen, wie sie selbst spüren konnte, allmählich den Ausdruck des Schmerzes an.

Als Hildegard Buhmann von hinten zwei weitere Finger hinzunahm, die an den schlüpfrigen, sich weitenden Wänden entlangrieben, und von vorn einen Finger der anderen Hand mit gleichbleibendem Druck auf dem kleinen Knubbel kreisen ließ, ohne jedoch den Finger dabei von der Stelle zu bewegen, stieß Rubina einen animalischen, brünstigen Schrei aus, den sie noch nie zuvor gehört hatte und mit dessen Möglichkeit sie nie gerechnet hätte. Der Schrei hallte durch den menschenleeren Saal.

19

Rubina merkte, wie das Ende näherkam, doch ehe sie es erreichen konnte, zog Hildegard Buhmann ihre drei Finger, die in Rubina waren, zurück; auch ihre Hand.

Sie ging einige Schritte nach hinten. Rubina drehte sich fassungslos zu ihr um.

Hildegard Buhmann lächelte versonnen, roch mit geschlossenen Augen an ihrer Hand, steckte einen der drei Finger prüfend tief in den Mund hinein, saugte an ihm und zog ihn wieder heraus.

„Du warst noch gar nicht fertig, ich weiß. Zieh dich an. Du schmeckst übrigens ganz ausgezeichnet."

5

Da sich Rubina vor lauter Angst keine lang anhaltende Fassungslosigkeit zu bewahren getraute, tapste sie hinter Hildegard Buhmann her, die ein neues Ziel vor Augen zu haben schien, und kam sich gedemütigt vor.

„Dort gefiel es mir gerade nicht mehr", stellte Hildegard Buhmann knapp fest und schrie plötzlich vor Lachen laut auf, so sehr, daß es ihr Tränen in die Augen trieb. Das war ein boshaftes Lachen, das spürte Rubina genau. Sie war inzwischen fast eingetrocknet.

Hildegard Buhmann öffnete eine Tür mit der Aufschrift „Restaurationsraum. Zutritt nur für Museumspersonal". Sie zog Rubina, die sich sträubte und piepste „Nein, das geht doch nicht! Nein, das geht doch nicht!", mit hinein, schloß die Tür von innen, küßte sie dahinter lange, besänftigend und feucht auf den Mund und sagte dann freundlich:

„Hosenscheißer."

Der Restaurationsraum war mit kahlen Gebeinen, Knochen und Knöchelchen, blanken Instrumenten, hohen Regalen, Werkbänken mit Schraubstöcken und Abgüssen aus Kunststoff und Gips angefüllt. Hildegard Buhmann war quietschfidel. Der Raum wirkte wie eine große, unordentliche Küche, in der auch gewerkt und getöpfert, vor allem aber gigantische Kübel an Fleischbrühe gekocht wurden.

Hildegard Buhmann zog Rubina zu dem 2,5 m großen Schulterblatt des Supersaurus und warf sie mit einem plötzlichen, geschickten Selbstverteidigungsgriff darüber.

Rubina wurde erneut entwürdigend zur Hälfte entkleidet und spürte an Rücken, Hintern und Beinen unangenehm kalt den großen Saurierknochen, größer als ein Doppelbett. Hart war sie daraufgeknallt und bemitleidete kurz ihren zerschundenen, blaugefleckten Körper.

Sie lag quer über dem riesigen Schulterblatt und öffnete die Beine, damit Hildegard Buhmann mit ihrem Schenkel dazwischenführe.

Hildegard Buhmann jedoch biß in ihre Hüftknochen und zeichnete mit Zunge und Lippen die Linie der Härchen, die vom Bauchnabel zur Scham führten, nach.

Leck mich, dachte Rubina und erschrak.

Aber sie tat's nicht. Stattdessen beugte sie sich über Rubina, die hilflos auf das Saurierschulterblatt gestreckt war, sah ihr in die Augen, riß mit den Zähnen ein loses Hautfetzchen von Rubinas Lippe und sagte:

„So, jetzt machen wir weiter."

Hildegard Buhmann legte sich auf sie, so daß Rubina ihr ganzes Gewicht, das Harte der Hüftknochen und Rippen, das Weiche der Brüste und des Bauches, spürte. Tollkühn zog Rubina sogar mit beiden Händen die schwarze Kostümjacke auseinander, weil die Knöpfe sie so drückten und weil darunter die Brüste waren.

Hildegard Buhmann rieb ihren Körper an Rubinas, gab ihr ihre Hand zurück und teilte die Lippen, die jetzt voll waren und naß.

Rubina drängte sich an sie und atmete den Geruch ihres Haarsprays. Es waren zwei Finger, drei Finger, vier, die Hildegard Buhmann gebrauchte; oh, es mußte ihre ganze Hand sein!, die in ihr forschte und wühlte.

Der große Saurierknochen, an dem sich Rubina wundscheuerte, war echt, aus dem heutigen Nordamerika, und keine Nachbildung. Der Supersaurus war ein Blätterfresser und muß an die 100 t gewogen haben. Hildegard Buhmann schob ihren eigenen Rock hoch und legte sich so, daß sie Rubinas Schenkel zwischen ihre Beine bekam.

Rubina wußte nicht, ob sie wimmern oder „O fortuna!" oder „Bitte nicht!" oder „Mach's richtig!" schreien sollte, und sie merkte, wie sie überfloß.

Sie merkte, daß Hildegard Buhmann ihre Hand aus ihr herauszog, um mit der Handfläche über die Lippen zu streichen, und daß sie sodann ihre Hand wieder hineingleiten ließ, und Rubina fragte sich kurz, warum es nicht wehtat, das Haarspray reizte ihre Atemwege, Hildegard Buhmann saugte an ihrem Hals, ihrem Mund, ihr Speichel lief in Rubinas Mund hinein, auf die Wangen, das Kinn, so daß ihr Gesicht naß wurde, und ihr eigener Speichel lief ihr am Mundwinkel herab; Hildegard Buhmann zog ihre Hand heraus und rieb ihre Vulva, rieb die Lippen, drückte, verformte, umschloß sie, berührte sie zart, rieb fest über den Hintern, Rubina hob ihr Becken, und Hildegard Buhmann stöhnte ganz leise, und Rubina frohlockte; und sie fuhr zwischen die Lippen und tauchte mit ihrer Hand in Rubina hinein, tief, und Rubina weitete sich, und Hildegard Buhmann zog ihre Hand heraus und drang wieder ein, tiefer; ein dünner Speichelfaden verband Rubinas Gesicht mit dem Hildegard Buhmanns, als diese ihren Kopf hob, mit geöffnetem Mund, und Rubina ernst ansah, Rubina wild ansah; und sie beugte ihren Kopf wieder hinab und drückte ihn fest auf Rubinas Gesicht, drückte ihre Brüste auf die Brüste Rubinas, Rubinas Muskeln spannten sich, und sie keuchte und verkrallte sich im Stoff der Kostümjacke, und tiefer, verkrallte sich in die Frau, die auf ihr lag, verkrallte sich bis in das Fleisch unter der Jacke, und sie schloß die Augen.

Hildegard Buhmann atmete laut in ihr Ohr und preßte sich an sie. Nur einen Moment lang, dann ließ sie locker.

Nach wenigen Minuten des gemeinsamen Atmens in das Ohr der anderen, das schließlich ruhig und gleichmäßig wurde, stand Hildegard Buhmann auf. Sie sah auf Rubina herab, die mit geöffneten Beinen auf dem Knochen lag.

Auf Hildegard Buhmanns schwarzem, zerknittertem Kostümrock waren überall unanständige Flecken verteilt.

6

Sie verließen das verbotene Zimmer, sahen sich einige Reproduktionen von Sauriern an und diskutierten über sie.

Rubina fühlte ihre warmen, geschwollenen Lippen, die ihre Unterhose feucht machten.

Vor dem hühnergroßen Saurier Compsognathus blieb Hildegard Buhmann stehen, blickte sich um und stellte fest, daß sie mit Rubina allein war. Es schauten nur Saurier zu. Sie forderte Rubina unmißverständlich auf, jetzt sofort ihre feuchte Unterhose auszuziehen.

Rubina ahnte, was kommen würde. Sie fand sich damit ab, in eine mittlerweile etwas vertrautere Welt entführt zu werden und war bereit. Und freute sich schon. Mit ihrer Strumpfhose in der einen und der Unterhose in der anderen Hand stand sie erwartungsvoll da. Jetzt. Jetzt würde sie es aber auch Hildegard Buhmann zeigen.

Da hob Hildegard Buhmann das Knochengerüst des hühnergroßen Sauriers Compsognathus vom Sockel, nahm Rubina den Schlüpfer aus der Hand, bedeutete ihr, das Skelett einen Moment lang zu halten, und zog dann den Schlüpfer behutsam dem Saurier an.

Doch der Schlüpfer paßte ihm nicht und rutschte immer wieder auf die knöchrigen Saurierfüße herunter. Hildegard Buhmann wurde zuerst ärgerlich, mußte dann aber doch sehr lachen.

Beleidigend.

Verhöhnend.

Die verwirrte Rubina stammelte: „Ich hätte schönere Unterwäsche anziehen sollen, aber ich konnte doch nicht wissen –", und sie biß sich so fest auf die Unterlippe, daß es wehtat und blutete.

So direkt auf dem feuchten Fleisch fühlte sich die Strumpfhose aus Synthetics, die Rubina rasch wieder angezogen hatte, sehr unangenehm an.

„Ich will jetzt ein Jägerschnitzel essen", sagte Hildegard Buhmann und verließ den Gingkowald.

2.
Ich weiß,
was gut für dich ist

„Hingabe?"

Hildegard Buhmann seufzte schwer, als der zwölfte Vorwurf Henriettes an diesem Tag sie planmäßig erreichte und tief ins Zentrum ihrer verletzlichen Seele traf.

„Daß ich nicht lache!"

Hildegard zuckte zusammen und legte, zum Schutz ihres Körpers, ihre Arme um sich.

„Hingabe! Daß ich nicht lache! Du redest von Hingabe? Ausgerechnet du! Du weißt doch gar nicht, was das ist!"

Henriette schrie es. Henriette hatte wieder damit begonnen, sie anzuschreien. Das vertrug Hildegard Buhmann gar nicht. Es schmerzte in den Ohren. Noch zählte sie die Vorwürfe Henriettes genau mit und machte sich zu einem jeden im Kopf ihre eigenen Notizen, in diesem Fall die folgenden:

Aha. So ist das also. Aber du weißt natürlich, was Hingabe ist. Wie du ja überhaupt immer alles besser weißt. Und immer mehr fühlst als ich. Größer und edler fühlst als ich.

Nach diesem zwölften Vorwurf beschloß Hildegard Buhmann endgültig, heute nichts mehr zu sagen. Gar nichts mehr. Noch nicht einmal: „Ja, ich verzeihe dir und liebe dich wieder." Sollte Henriette, die Furie, doch sehen, wo sie blieb.

Nein. Hildegard Buhmann würde heute nichts mehr sagen. So konnte man mit ihr nicht umgehen, das ließ sie sich nicht gefallen. Sie würde bewegungslos auf ihrem kuscheligen Sessel sitzenbleiben, in den sie tief hineingerutscht war, und beharrlich schweigen; sie würde sich nicht rühren und keinen Mucks tun, bis das Unwetter vorübergezogen war. Das würde die beste Taktik sein und die ihrem Naturell gemäße. Hildegard Buhmann war eher zurückhaltend, zärtlich und still.

Das Vorüberziehen des Unwetters aber konnte, wie sie aus Erfahrung wußte, noch lange dauern, denn Henriette, ihre Lebensgefährtin, war in Fahrt gekommen. Wild fuchtelte sie mit den Armen, um ihren herausgestoßenen Worten Nachdruck zu verleihen – sie hätte Hildegard aus Versehen verletzen können, so unkontrolliert schleuderte sie ihre Arme von sich – und sah auf sie herab. Mit dem bösen Blick.

Spuck doch.

Hildegard Buhmann schwieg und würde weiter schweigen.

Aber dann, wenn alles vorüber wäre, dann hätte Hildegard Buhmann nichts vergessen, kein einziges Wort. Sorgsam speicherte sie jede neue Attacke, einschließlich des genauen Wortlauts, um sie später einmal gegen Henriette verwenden zu können. Dafür hatte sie das große, photographische Übergedächtnis. Der Sessel, von dem sie teilnahmslos geradeaus blickte, war Eigentum Henriettes. Es war die Wohnung Henriettes, und die große, mächtige Henriette war in ihr die Königin.

Hildegard tat so, als ginge sie das alles nichts an. Sie sah abwechselnd zum Fenster, auf die gegenüberliegende Wand mit den Regalen, die bis zur Decke reichten und auf ihre schwarze Bluse, von der sie ab und zu ein Haar oder einen häßlichen Flusen zupfte.

Seit nunmehr zwölf Jahren hielten Hildegard und Henriette gemeinsam die Liebe nicht nur aufrecht, sondern machten etwas aus ihr. Sie kultivierten die Liebe. Sie trieben die Liebe zu Höchstleistungen.

Sie waren ein schönes Paar, ihre Lebensgefährtin Henriette, die Tierärztin, und sie, Hildegard Buhmann, die als redaktionelle Mitarbeiterin eines privaten Fernsehsenders in der Abteilung *Unübliches Menschliches Verhalten* tätig war.

Highlight war das einmal wöchentlich ausgestrahlte Magazin *Ergötzlicher Schweinkram,* das schonungslos über bizarre und extreme Ausuferungen menschlichen Verhaltens berichtete. Von Berufs wegen kannte sich Hildegard in allen erdenklichen Absonderlichkeiten aus, ob es Sex, Paranoia, Neurosen, Monster oder Mord betraf, ihr war nichts Menschliches fremd. Sie wußte, was pervers war. Sie wußte, was zu weit ging. Sie kannte die Entgleisung.

Nicht zuletzt auch wegen dieser Tätigkeit, so vermutete sie, war sie in den letzten Jahren immer ruhiger geworden, ruhig und in sich gekehrt, ganz sanft war sie geworden, wobei sie ihre „Spießigkeit", wie Henriette es spöttisch nannte, beim besten Willen als nichts Verwerfliches betrachten konnte. Henriette deutete so etwas manchmal an. Hildegard sehnte sich nach Harmonie, und die zänkische Henriette vereitelte sie.

Schöne Liebende waren sie nichtsdestotrotz, die Tierärztin mit den grauen Haaren und den geschickten Händen, von denen sie sich gern berühren ließ, und sie. Schon oft hatte Hildegard ihrer Lebensgefährtin in der Praxis dabei zusehen dürfen, wie sie Backenzähne von Schäferhunden zog, große Hunde einschläferte und deren gewaltige Körper dann in gigantische Kühlschränke schob. Von diesen Händen ließ sie sich gern hernehmen.

Hildegard hatte heute ihren feinen, blaß erdfarbenen Hosenanzug angezogen, in dem sie so sinnlich wirkte. Die neue Bluse war in der Taille atemberaubend eng geschnitten. Sie hatte 170 Mark gekostet. Alles für die Katz. Ihr war nicht mehr nach Verführung, nicht mehr nach schwerem Atmen, feuchter Haut, nicht mehr nach Händen, die unter die Wäsche gingen. Inzwischen war der Punkt überschritten, an dem sie noch hätte sagen können: „Wir nehmen uns jetzt in den Arm, und dann ist alles wieder gut." Ihr war jegliche Freude vergangen. Sie wollte weg.

Hildegard vermied es, Henriette, die über ihr zappelte und schrie, anzusehen. Ihr eigenes Bild von sich war bereits seit Stunden das eines kleinen, geprügelten Geschöpfes. Sie tat sich sehr leid. Ein zartes Wesen, das zu Unrecht beschuldigt, ein liebevoller und warmherziger Mensch, dessen uneigennützige Güte nicht gewürdigt wurde. Stattdessen mußte sie sich hier erniedrigen und beleidigen lassen.

„Du weißt doch gar nicht, was das ist – Hingabe! Du kennst doch gar keine Auslieferung! Du machst es dir doch schön bequem!"

Hildegard notierte:

Du meinst also, daß ich mich dir nicht hingebe. Was tue ich denn wohl sonst den ganzen Tag?

„Du denkst doch nur an dich!", Henriettes Stimme kippte über, „Hauptsache, Madame geht es gut!"

Was tue ich denn den ganzen Tag, wenn ich hinter dir herkrieche und zusehe, daß du es auch ja schön hast. Ist

das etwa nichts? Ist das keine Auslieferung? Oder so?
Hildegard schwieg hartnäckig. Sie würde nichts mehr
sagen.

„Du denkst nur an dich! Wie es mir geht, ist dir doch völlig egal!" Henriette raufte sich mit beiden Händen ihre
grauen Haare, die sich sehr weich anfühlten, wie Hildegard einfiel.

Von Henriettes Zornesgesten und der Erinnerung daran,
wie es sich anfühlte, über die weichen Haare zu streichen,
ganz unbeeindruckt, vermerkte Hildegard im Kopf die
Notiz:

Und im Bett. Ist es da nicht immer schön? Ist das keine
Hingabe? Du kannst meine Zeichen nicht deuten. Du hy-
sterische Kuh.

"Wie meinst du das? Meinst du etwa, ich gebe mich dir
nicht ausreichend hin?" fragte sie und brach damit ihr
Schweigegelübde. Weil sie sich nicht genügend unter Kontrolle hatte, nur deswegen, brach sie aus Versehen den
Schwur und das Gebot des Schweigens.

„Wieso redest du denn plötzlich wieder", sagte dann
auch prompt die hämisch feixende Henriette. „Ist dir aus-
nahmsweise auch mal was eingefallen?" Sie trat einen be-
drohlichen Schritt auf Hildegard zu und patschpatschte
über ihre Wange.

„Faß mich bloß nicht an!"

„Ach! Ekelst du dich vor mir?"

„Nein. Ich will das nur nicht. Ich will es nicht."

„So ist das also! Ich widere dich also an! Du ekelst dich
vor mir!"

Hildegard blickte auf die blanken Hunde- und Katzen-
schädel mit ihren spitzen, gelben Eckzähnen in Henriettes
Regal. Schon immer hatte sie diese Schädel betrachten
müssen, seit Jahren, und war seltsam von ihnen beein-
druckt.

Sie erinnerte sich daran, wie Henriette einmal, als sie sie
aus der Praxis abholen wollte, gerade ächzend große Tier-
leiber zersägte, vor Anstrengung hatte ihr der Schweiß auf
der Stirn gestanden, ihre Hände arbeiteten präzise und
kraftvoll, ihr Atem ging stoßweise und schnell; und plötzlich sehnte sie sich nach diesen Händen, die so etwas

konnten, sehnte sie sich danach, von ihnen angefaßt zu werden. Anfassen. Bis ihr einfiel, daß ihre Gedanken in eine weit entfernte Vergangenheit abgeschweift waren.

„Mich nicht von dir anfassen lassen zu wollen, ist doch wohl mein gutes Recht", sagte sie und merkte, noch während sie es aussprach, wie kraftlos ihre Stimme klang.

„Du armes, unterdrücktes Opfer!" schrie Henriette wut- entbrannt, „hier geht es nicht um Rechte! Rechte und Pflichten! Darum geht es nicht! Siehst du das denn nicht?"

Natürlich antwortete Hildegard nicht.

„Geht das nicht in deinen Schädel rein?" schrie Henriette.

Oh! Oh!

Henriette sprang auf sie zu, warf beinahe den Sessel mit ihr darauf um und rüttelte an Hildegards Schulter.

Meine Bluse! Meine Bluse!

„Rechte! Pflichten! Deine Pflicht ist es, dich von mir an- fassen zu lassen!", sie zerrte an Hildegards Arm, „anfassen! Dir geht es immer nur ums Anfassen!", sie kniff sie fest, „faß mich bloß nicht an!", sie äffte sie nach, gemein, „faß mich bloß nicht an!", sie piesakte sie.

„Ich sag jetzt überhaupt nichts mehr!"

2

„Ich gehe jetzt!" sagte Hildegard und stand auf.

Achtlos, ohne sie anzusehen, ging sie an Henriette vor- bei, die verblüfft schien.

Damit hast du wohl nicht gerechnet. Ha! Das hast du jetzt davon!

Sie ging ins Schlafzimmer, um ihre Handtasche zu holen. Henriette folgte ihr.

„Dann geh doch! Hau doch ab!"

„Das mache ich auch! Ich werde gehen!" sagte Hildegard, bückte sich und hob ihre Handtasche, die vor dem Bett lag, auf.

Hastig nahm sie ihre Ohrringe und ihr Parfümfläschchen, das sie heute morgen zum Nachbessern der erotischen Wirkung dorthingestellt hatte, vom Nachttisch und warf alles in ihre Tasche. Ihre Lesebrille steckte sie ins Etui und warf es auch hinein. All ihre wichtigen kleinen Dinge waren über Henriettes gesamte Wohnung verteilt, und sie mußte sie jetzt mühsam zusammensuchen.

Henriette eilte hinter ihr her, als sie zurück ins Wohnzimmer ging, in dem ihr Terminkalender, zack, in die Tasche, und der schwarze, schlanke Laptop waren.

Henriette verfolgte sie bei ihrem Weg in die Küche. Henriette war immer hinter ihr. Auf dem Küchentisch hatte Hildegard Lippenstift und Handspiegel liegenlassen; Folge ihrer Angewohnheit, sich sofort nach Ankunft in Henriettes Wohnung die Lippen nachzuschminken. Die Erfrischungstücher auf dem Teppich im Schlafzimmer mußte sie leider zurücklassen, denn dort wollte sie nicht mehr hinein, ebenso den Büstenhalter im Badezimmer. Henriette versperrte ihr den Weg. Sie würde ihren Büstenhalter im Stich lassen müssen. Schnell griff sie noch ihre Autoschlüssel vom Küchentisch und ging in den Flur.

Während Hildegard einen ihrer Pumps anzog, sagte Henriette:

„Du gehst jetzt nicht!"

„Ich will jetzt aber gehen! Ich gehe jetzt!" wiederholte Hildegard in aller Schärfe und nahm ihr Jackett von der Garderobe. Ihr fiel ein, daß Henriette sie schon häufig vom Gehen abgehalten hatte. Heute aber würde das nicht passieren. Heute würde sie sich nicht überreden lassen. Sie zog den anderen Pump an.

Hildegard wollte nach Hause, jetzt erst recht. Sie setzte Laptop und Handtasche ab, zog ihr Jackett an und hängte sich die Handtasche über die Schulter. Umständlich nahm sie den Laptop wieder hoch, besann sich aufs Bösesein und sagte:

„Ich gehe jetzt!"

„Meinst du etwa, du kommst ungeschoren davon?" schrie Henriette.

Ich bin so sanft. Ich bin so sanft. Streiten ist scheußlich.

„Ich will gehen!"

Henriette atmete durch und sagte dann: „Nein."

Grausam und ruhig.

„Du wirst jetzt nicht gehen."

„Und ob ich jetzt gehen werde! Laß mich endlich vorbei!"

Zicke! Ich will hier raus! Jetzt erst recht!

„Meine Liebe, du täuschst dich", sagte Henriette noch ruhiger. „Du wirst nicht gehen. Du wirst hier nämlich nicht mehr rauskommen."

Hildegard gruselte sich. Die feinen Härchen auf ihrer Haut waren allerorts aufgerichtet, und ihr Mageninhalt rotierte. Wie meinte Henriette das?

Zum Liebkosen, Henriettes Körper war, trotz seiner Kraft, schlank und zart. Zum Liebkosen. Kaum zu glauben, daß dieser Körper sich ihr in den Weg stellen konnte, so allmächtig. Mit ihrem Körper verdeckte Henriette die Tür, sie versperrte den Ausgang, die Freiheit: an diesem Körper, der entschlossen schien, sie nicht gehen zu lassen, mußte Hildegard vorbei.

„Laß mich durch!" sagte sie so böse, wie sie nur konnte.

Aber Henriette stand so potent vor der Tür, daß es kein Entrinnen zu geben schien. Mit der freien Hand versuchte Hildegard, die Türklinke zu erreichen.

Grinste Henriette auch noch? In diesem Moment? Hildegard konnte es nicht richtig erkennen, da sie es vermied, sie direkt anzusehen. Immer, wenn ihre Hand gerade die Klinke berührte, die Schnittstelle zwischen ihr und der Freiheit, bekam ihr Arm einen groben Schubs.

Hildegard wollte möglichst jeden Körperkontakt zu Henriette umgehen. Nun allerdings blieb ihr keine andere Wahl, als sich mit ihrem eigenen Körper gegen den Henriettes zu drängen, um sie zur Seite, weg von der Tür, zu schieben und ihr dabei die harte Plastikschale des Laptops gegen die Beine zu knallen.

Mit ihrem ganzen Gewicht schmiß sie sich an Henriette, die jeden verlorenen Zentimeter ihres Gebietes Tür sofort zurückeroberte. Kampf der Giganten. Gemeinsam hampelten Hildegard und ihre Lebensgefährtin vor der Wohnungstür herum, sie vollführten ein albernes Tänzchen. Aber es war verbissener Ernst.

Da. Noch ehe Hildegard sich versah, noch bevor sie ihren Fall und den nachfolgenden Schmerz wahrnehmen konnte, bevor sie wußte, wie es war, den Halt zu verlieren, krachte es schon, und der Laptop lag in der Dielenecke.

Mein Gedächtnis! Mein elektronisches Gedächtnis ist ent-

zweigegangen!

Hildegard war auf den Bauch gefallen.

Henriette hatte sie brutal zu Boden geschleudert.

Das begriff Hildegard erst jetzt. Sie hatte gerade wieder zu denken begonnen, als sich von oben das harte Knie Henriettes in ihr Kreuz rammte.

„Aua!"

Henriette kniete mit einem Bein auf Hildegards Rücken, riß die Handtasche von ihrer Schulter, drehte ihr die Arme nach hinten und befreite sie in Blitzeseile von ihrer Jacke, viel schneller, als Hildegard sie zuvor angezogen hatte.

„Au, au", in Hildegards Augen traten Tränen, viele Tränen.

„Heul doch", schnaufte Henriette angestrengt. Sie verlängerte den verstellbaren Handtaschenriemen und schlang ihn mehrmals 8-förmig um Hildegards Handgelenke. Dabei drückte sie ihre Hände eng zusammen, so daß eine eiserne Fessel entstand.

Die Handtasche entleerte sich. Platt lag Hildegard da und sah neben sich die aus ihrer Tasche herausgefallenen Gegenstände: Lippenstift, Brillenetui, Notizbuch, Parfümfläschchen, Handspiegel, Auto- und Wohnungsschlüssel, Ausweismäppchen, Filzstift, eine alte Eintrittskarte für das Naturkundliche Museum. Ihr intimer Handtascheninhalt. Alles rausgefallen!

Henriette schlang den Riemen weiter um Hildegards Handgelenke, besserte fieberhaft den festen Sitz der Fessel nach und zog dann nacheinander Hildegards Beine an den Knöcheln zu ihren Handgelenken heran. Hildegard wehrte sich nicht. Aber es tat ihr weh. Auch tief in der Seele.

Geschickt hängte Henriette nun Hildegards Füße in die entstandene Schlinge und zog die Handtasche einmal darunter durch, noch fester wurde die Fessel, so daß Hildegard, wenn sie zu strampeln versuchte, sich ins eigene Fleisch schnitt. Sobald sie ihre Füße ein Stück vom Körper wegzog, schmerzte die Haut an ihren Hand- und Fußgelenken, und sie mußte diesen Befreiungsversuch unterlassen. Sehr gewandt oder gelenkig war sie ohnehin nicht.

„Du hast sie ja nicht mehr alle!" heulte Hildegard, etwas anderes fiel ihr im Moment nicht ein. Sie wollte sich keine

Blöße geben.

Mit dem Riemen ihrer eigenen Handtasche. Vor Wut und Scham, bodenloser Scham, lief Hildegard rot an. In ihrem Schädel pochte das Blut. An ihrer Nase klebte der Rotz.

Oh wie ich dich verabscheue!

3

Vor sich sah Hildegard Henriettes schwarzbestrumpfte Füße und Unterschenkel. Durch die Struktur der Strumpfhose hindurch schimmerte die Haut.

Zweifel am Geisteszustand Henriettes kamen ihr, als Henriette sich bückte, ihr mit beiden Händen in die Achselhöhlen griff, zupackte und begann, sie über den Boden zu ziehen.

Stück für Stück schleifte Henriette sie heraus aus dem Flur, Hildegards unschuldiger Körper schubberte am Boden entlang.

Meine Bluse! Meine Bluse!

Henriettes Griff war hart. Hildegard heulte vor Wut.

Nur langsam ging es voran, und der Teppichboden schlug Falten, an denen es noch schwerer vorwärtsging. Am Abgrund. In Dreck und Staub. Von hier unten sah die Welt ganz anders aus, als Hildegard es gewohnt war.

Was hat sie denn nur vor?

„Du tickst doch nicht mehr richtig!" preßte sie heraus, um ihre Würde zu bewahren.

Henriette ächzte und keuchte und arbeitete schwer. Nach wenigen Minuten hatte sie die zusammengeschnürte Hildegard, vorbei an den beiden Sesseln und den hohen Regalen, mitten durchs Wohnzimmer zum Fenster geschleift.

Achtlos ließ sie sie dort liegen, eilte hinaus und wühlte, wie es Hildegard, die klopfenden Herzens lauschte, schien, in der Kommode im Schlafzimmer.

Sie kam mit einem Abschleppseil zurück, das sich auch gut dazu eignete, große, widerspenstige Tiere vor der Betäubung zu binden. Als sie Hildegards Füße aus der Schlinge löste, plumpsten diese auf den Boden. Hildegard dachte *Endlich hört sie auf!*, bis ihr einfiel, daß ein Abschleppseil nichts Gutes verhieß, sondern Schlimmes.

Ganz recht. Henriette rollte sie auf den Rücken, umfaßte ihre Knöchel und drehte schnaufend Hildegards Körper um 180°. Hildegard konnte jetzt aus dem Fenster sehen.

Was hat sie denn nur vor?

Ihr wurde ganz schlecht. So also war es, wenn man einen Menschen, den man so gut zu kennen glaubte, zwölf Jahre lang, gar nicht mehr wiedererkannte. Hildegard strampelte und trat, so fest sie konnte, gegen Henriettes Beine.

„Faß mich nicht an!"

Sie trat so fest, wie sie nur konnte.

„Laß mich los! Laß mich los! Geh weg!"

Henriettes Griff wurde stählern. „Ich polier dir die Fresse!" keuchte sie und schlug ihr mitten ins Gesicht.

Sie öffnete den Reißverschluß an Hildegards Hose, faßte an die Hosenbeine und zog ihr die Hose mit einem Ruck aus. Nur noch mit Schlüpfer, Bluse und Socken bekleidet lag Hildegard da und kam sich so nackt vor. Die Socken paßten farblich zu ihrem Hosenanzug – aber der war ja nun weg -: erdfarben, blaß, zart. Schlichtheit. Understatement. Es war entwürdigend, halbnackt, aber in Socken dazuliegen.

In bewährter Weise band Henriette das Seil um Hildegards Fußgelenke, tat es diesmal noch viel gründlicher und verknotete es anschließend mit dem Heizungsrohr.

Hildegard lag auf dem Rücken, gefesselt an Händen und Füßen.

„Hör jetzt endlich damit auf", sagte sie und ahnte, daß dies nicht mehr der Wirklichkeit, wie sie sie kannte, entsprach und daß es sich von allen früheren Streitigkeiten mit Henriette deutlich unterschied.

Aber Henriette erwiderte nur geheimnisvoll und voller Verderben:

„Ich alleine weiß, was gut für dich ist."

Sie rückte den Sessel, in dem zuvor Hildegard gesessen hatte, näher zur Heizung, hob ihren Rock, zog zuerst ihre Strumpf- und dann die Unterhose aus. Sie wiegte sich in einem sexbesessenen Rhythmus. Sie sah aus wie eine Stripperin. Sie setzte sich auf den Sessel. So, daß Hildegard sie, wenn sie ihren Kopf zur Seite neigte, sehen konnte.

Und Hildegard sah, wie Henriette ihren Rock nach oben schob.

Sie sah, wie Henriette mit weit geöffneten Schenkeln dasaß; ihr wurde freie Sicht auf Henriettes Geschlecht gewährt.

Ohne den Blick von Hildegard zu wenden, legte Henriette eine Hand auf ihre Scham. Mit zwei Fingern spreizte sie die Venuslippen und rieb langsam über ihre Klitoris. Das sah grausig und schön aus. Henriettes Gesichtsausdruck bei diesem Vorgehen war triumphierend.

Sie rieb mit den Fingern über ihre gesamte Spalte.

Du bist doch nicht normal!

Henriette bewegte ihr Becken. Sie lehnte den Oberkörper zurück und rieb heftiger. Währenddessen ließ sie die Gefesselte nicht aus den Augen.

"Sieh gefälligst hin!"

Es ekelte Hildegard an. Sie schämte sich. Aber hinsehen mußte sie trotzdem, wie durch einen grausamen Bann, einen Sog verursacht. Sie mußte unaufhörlich hinsehen, konnte weder ihren Kopf zur anderen Seite drehen, noch einfach ihre Augen schließen, um zu vergessen. Das Hinsehen. Es war wie ein Zwang.

„Na? Regt dich das auf?"

Henriettes Atem ging schneller. Ein einziger Finger kreiste in immer schnelleren, rhythmischen Bewegungen auf derselben Stelle. Henriette öffnete den Mund und stöhnte.

„Ich sehe doch, wie geil du wirst!"

Es widerte Hildegard an. Aber hinsehen mußte sie doch. Es war wie ein Zwang. Sie konnte einfach nicht wegsehen. Unwillkürlich öffnete auch sie den Mund und atmete schneller. Die Schaulust. Gebannt starrte Hildegard auf das Geschlecht und die Hand, die sich daran zu schaffen machte.

Henriette entblößte ihre weißen, kräftigen Zähne, um deren tierhafte Schönheit Hildegard sie immer beneidet hatte. Ihre Füße stützten sich am Boden ab, ihre Augen waren nur noch halb geöffnet, bis sie sie plötzlich weit aufriß, den Blick unablässig auf Hildegard gerichtet, und kam.

Hildegard vernahm ein Zucken tief in der Vagina und schämte sich. Die Schaulust: sie hatte die ganze Zeit dabei zugesehen, wie Henriette es mit sich selbst auf dem Sessel trieb. Jetzt drehte sie schnell ihren Kopf zur Seite und blickte auf das makellose Raubtiergebiß eines Hundeschädels im Regal.

Henriette ging zu ihr und kniete sich nieder.

Sie lächelte, und ihr Gesicht sagte „Na, mein Schätzchen", während sie ihr ihre rechte Hand, die nach Sex roch, vor die Nase hielt.

„Du langweiliger Sekretärinnentyp!" Henriette lächelte immer noch. Sie zog Hildegards Unterhose in der Spalte zur Seite. Hildegard dankte dem lieben Gott dafür, daß sie nicht mit geöffneten Beinen an das Heizungsrohr gefesselt war; ihre Beine waren geschlossen, das Zentrum hermetisch abgeriegelt.

Henriette neigte ihren Kopf zu Hildegards Vulva, grub ihn zwischen ihre Beine und leckte einmal schnell über die Lippen.

Sie biß in Hildegards Venushügel. Hildegard erschrak und zuckte zusammen.

Tu mir nichts!

„Heute mach ich dich alle, Schätzchen", sagte Henriette zärtlich, leckte noch einmal und bohrte ihre Zunge zwischen die Falten.

4

Nachdem Henriette sorgfältig den Sitz der Fußfesseln am Heizungsrohr überprüft und ihren Rock ausgezogen hatte, setzte sie sich auf Hildegard und zwängte sie mit ihren geöffneten Schenkeln ein. Schraubzwinge.

„Meine Hände, meine Hände tun so weh", jammerte Hildegard leise, denn nun lastete außer ihrem eigenen zusätzlich das Gewicht Henriettes auf ihren am Rücken gefesselten Händen; außerdem lag sie noch immer auf der leeren Handtasche. Das Leder des schmalen Riemens schnitt in ihre Handgelenke, und ihre Finger waren von ihrem eigenen Hintern eingequetscht.

„Halt's Maul." Henriette hockte auf ihrem Becken und

strich mit den Händen an Hildegards Taille entlang.

„Wie redest du denn mit mir", bemerkte Hildegard schwach und kam sich im selben Moment in Anbetracht ihrer derzeitigen Lage sehr dumm vor. Richtig dumm. Sie war Henriette vollkommen ausgeliefert, wie sie feststellen mußte, es ließ sich nicht leugnen, so gern sie diesen Gedanken auch einfach verdrängt hätte; so sehr sie auch an ihrer Beinfessel zerrte, sie kam nicht los.

Henriette legte ihre Hände auf Hildegards Brüste und drückte ein wenig. Unpassenderweise fiel Hildegard ein, daß sie schon seit Jahren stets als erstes ihren Büstenhalter auszog, wenn sie Henriettes Wohnung betrat. Gern zog sie ihn in Henriettes Beisein aus oder ließ sie es voller Wollust tun. Ihr schwarzer Spitzen-BH, der jetzt ein Schutzwall zwischen ihren Brüsten und Henriettes Händen gewesen wäre, wenn auch ein symbolischer und noch so geringer, lag weit weg auf dem Hocker im Badezimmer. Unerreichbar.

Henriette hockte auf ihrem Becken, sah auf sie herab und lächelte, beinahe so wie in einstigen friedlichen Momenten voller Freundlichkeit, die jedoch längst vergangen schienen.

Gern hätte Hildegard den Vorschlag gemacht, nun aber doch damit aufzuhören, sich stattdessen beispielsweise in die Arme zu nehmen und, wie vor Stunden geplant, die Kartoffeln zu braten. *Werd doch wieder normal!* flehte sie in ihren Gedanken und sprach es nicht aus. Gern hätte sie den Vorschlag gemacht, entfesselt zu werden. Es reichte doch nun wirklich. Aber im Blick Henriettes, die sie so gut kannte, seit zwölf Jahren schon, war außer dem Lächeln etwas ganz Neues, etwas, das sie nicht kannte. Etwas Grauenhaftes.

Jetzt wird sie zum Tier, dachte Hildegard und fragte sich kurz nüchtern und analytisch, ob das nicht auch dem Charakter ihrer Geliebten entsprach, so, wie sie manchmal tobte und schrie. Aber konnte ihr das, in Anbetracht ihres Berufes, für den sie tagtäglich abweichendes Verhalten fernsehgemäß unterhaltsam gestaltete, so lange verborgen geblieben sein? Die Schädel in den tiefer gelegenen Regalfächern zeigten ihre gelben Raubtierzähne. Hildegard wollte Ruhe und Frieden. Sie hatte Angst. Sie wollte nach Hause ins Sichere.

Auf den Knien rutschte Henriette langsam, ganz langsam, über Hildegards Brustkorb hinweg nach oben zum Kopf, ohne dabei den Blick von ihr zu wenden, sie sah sie unentwegt an. Die Siegerin.

Sie rutschte nach vorn und benetzte mit ihrem Seim Hildegards schwarze Bluse. Sie rutschte weiter, bis sie über Hildegards Gesicht kniete.

Hildegard sah nun Henriettes Scham direkt über sich, nur wenige Zentimeter entfernt. Nicht gerade vor dem Tod hatte sie Angst. Henriettes Lippen waren von einem schweren, dunklen Rot. Voll. Saftig. Hildegard wollte das nicht. Der vereinnahmende Geruch des Geschlechts erreichte sie. Sie schloß die Augen. So etwas wollte sie jetzt nicht. Sie haßte Henriette. Sie wollte auch ihre Geschlechtsorgane nicht.

Ich will hier raus! schrie es anfangs noch in ihr, *ich will nach Hause, fernsehen!* – aber dieser Schrei wurde schwächer, das Aufbegehren kläglich, bis es schließlich ganz verstummte. Sie versuchte nicht mehr zu strampeln. Sie hatte aufgegeben. Henriette setzte sich nieder.

5

Hildegard drehte schnell den Kopf zur Seite, um ihn zu schützen, als Henriettes Scham sich auf sie senkte.

Sie wollte überhaupt nicht hinsehen. Sie wollte es nicht ansehen müssen, dieses sich ihr entgegendrängende Geschlecht. Dieses riesige, erregte Geschlecht über ihr. Henriette zwängte sie damit ein, zwang ihr ihre wenig einfühlsame Gier auf. Henriette nahm ihr die Freiheit. Daß Henriette so roh sein konnte. Wie konnte sie ihr das nur antun? Hatte sie denn gar keine Gefühle, außer dem Trieb, hatte sie jedes Gespür für den richtigen Moment, für die feinen Gesetzmäßigkeiten der Zeit verloren?

Henriette stützte sich vorn mit den Händen auf dem Fußboden ab und rieb ihr Geschlecht langsam an Hildegards Kopf. Vor und zurück. Ihr Oberschenkel drückte sich fleischig an Hildegards Gesicht, er bedrängte sie, so daß sie kaum noch Luft bekam. Aufdringlich schmatzten Henriettes Lippen, rieben an Hildegards freiliegender Wange entlang, rieben über ihr Ohr, ihre Schläfe, ihre Haare, und hinterließen an all diesen Stellen eine feuchte Spur des Sekrets, eine klebrige Markierung.

„Mach jetzt Cunnilingus!", befahl Henriette.

Hildegard gehorchte nicht, sondern hielt eisern die andere Gesichtshälfte auf den Teppich gepreßt. Sie nahm sich vor, nie wieder aufzuschauen, das Fleisch dieses Oberschenkels, die Gedanken hämmerten in ihrem Schädel, Henriette auch dann nicht mehr anzusehen, wenn das alles vorüber wäre; wenn dieser böse Spuk vorbei, diese entsetzliche Erniedrigung überstanden wären, würde sie sofort die Wohnung verlassen und sich der Verrückten, dem Vieh, für mindestens zwei Wochen entziehen. Wenn nicht für immer. Die Innenseite des Schenkels. Dieser Oberschenkel! Er nahm ihr die Luft! Er roch nach Henriette! Fleisch! Sie würde jede Zuneigung verweigern, jede zarte Berührung und jedes liebe Wort, sie würde keine Entschuldigung annehmen, denn dafür könnte es überhaupt keine geben, sie würde noch nicht einmal hinhören, wenn sie angekrochen käme, klein und gebrochen; genußvoll würde Hildegard dann „Verpiß dich!" sagen oder lieber: „Bitte geh. Laß mich." – denn das stand dem edlen Ernst ihrer Seele besser zu Gesicht. Bedeutungsschwer und vernichtend würde sie es sagen.

Ich kann so schön verzeihen. Aber diesmal nicht. Ätsch.

Über ihr stöhnte Henriette auf und schien von solchen Gedanken nicht das mindeste zu ahnen. Hildegard drehte ihren Kopf und sah nach oben.

Sollte sie hineinbeißen, damit es ihr endlich verging?

Da hielt Henriette plötzlich inne und stand auf. Langsam zog sie ihren spitzenbesetzten, schwarzen Unterrock über den Kopf und war nackt.

„Sieh hin! Mein Body! Sieh ihn dir gut an!"

Sie ging in die Küche, wühlte dort lautstark in verschiedenen Schubladen und kehrte mit einer großen Schere zurück.

Eine große, blitzende Schere. Henriette lächelte und zeigte ihr gesundes, starkes Gebiß. Sie kniete sich nieder und

fuhr spielerisch und ganz leicht mit der Schere an Hildegards Körper entlang, von den Beinen aufwärts. Mit der
anderen Hand öffnete sie, Knopf für Knopf, Hildegards
Bluse.

„Deine Bluse wollen wir ganz lassen."

Sie hielt ihr die Schere vors Gesicht und schnitt in die
Luft.

„Schnipp schnapp, was schneid ich dir jetzt ab?"

Mit der Scherenspitze piekste sie ein bißchen in Hildegards Hals, streichelte mit der Klinge über Hildegards Wangen und fuhr dann über ihren Körper, der so starr war,
daß er noch nicht einmal ein Zittern zuwege brachte, diesmal von oben nach unten.

Hildegard dachte an die Telefonnummer 110. Unerreichbar. In einem Monat wäre sie 43 geworden. Ihre letzten 11
Geburtstage, die sie ausnahmslos mit Henriette verbracht
hatte, waren alle sehr schön gewesen. Sie hatte intime Ge-
schenke bekommen.

„Na, kühlt dich das ab?" fragte Henriette und drückte die
Schere flach auf Hildegards Bauch. „Dir springt die Geil-
heit doch aus dem Gesicht."

Über Hildegards Beinen kniend setzte sie die Schere am
Bauchrand von Hildegards Schlüpfer an und schnitt hinein.
Zuerst in den Gummisaum, dann weiter. Bis nach unten.
Tief hinein. Die Maschen am Schnittrand zerfransten.

So mußte es sein, wenn sie die Bauchdecken unschuldiger Tiere aufschnitt, um die versteckten Organe freizule-
gen. Sicher und zielstrebig teilte Henriette die Unterhose in
zwei Hälften und schnitt dabei einige von Hildegards
Schamhaaren einfach mit ab. Die kalte Scherenklinge ritzte
Hildegards Bauchhaut. Glatt und kühl stieß die Spitze an
ihre Klitoris.

Henriette warf die Schere weg, offenbar gelangweilt von diesem Spielzeug, und riß die Hälften der Unterhose auseinander. Freie Bahn. Sie preßte zuerst die Hand
auf Hildegards Vulva und schob dann einen Finger tief in
sie hinein. Daran, wie leicht der Finger in sie hinein- und
wieder herausglitt, erkannte Hildegard, daß sie feucht geworden war. Wie hatte das geschehen können? Nun haßte
sie auch sich selbst.

„Wußte ich's doch, mein schleimiges Schneckchen", sagte Henriette und kniete sich wieder mit weit geöffneten Beinen über Hildegards Kopf. Ihre Brüste, deren glatte Haut Hildegard so oft schon, unzählige Male in all den Jahren, bewundert und genossen hatte, hingen herab und schaukelten; sie zeigten auf sie und verhöhnten sie schadenfroh, wie Hildegard glaubte.

Die dunkelroten Lippen über ihrem Gesicht waren geöffnet und von einem schimmernden Glanz überzogen. Diese Lippen stieß Henriette jäh gegen ihren Mund und ihre Nase und bewegte dabei ihr Becken heftig, so daß Hildegard nach Luft schnappen mußte und nur noch den Hügel, direkt vor ihren Augen, und die dunklen, kratzenden Haare darauf erkennen konnte.

Dann hob Henriette ihren Unterleib wieder an und blickte in Hildegards Augen. Das Monster. Über ihr ein gefühlloses Monster. Hildegard sah weg, zu Henriettes Bauch, dessen Muskeln sich krampfartig spannten, sie wollte das nicht, zu Henriettes geschwollenen Lippen über sich, dieses sagenhafte Geschlecht, sie wollte das alles nicht. Sie schauderte. Wie groß und saftig diese Lippen waren. Henriette zog sie mit zwei Fingern weit auseinander, und Hildegard mußte die obszöne Handlung mitansehen. Sie haßte Henriette. Sie verabscheute ihre würdelose Position und haßte Henriette. Zwischen den gespreizten Lippen trat aus der von feinem Glanz umsäumten Öffnung ein roter Tropfen hervor.

Er verteilte sich auf dem Lippenfleisch, wurde größer und fiel auf Hildegards Gesicht.

„Es soll alles rauskommen", stöhnte Henriette wie ein Tier.

Ein zweiter roter Tropfen folgte.

„Mach dein Maul auf!"

Henriette senkte ihr Becken und drückte die Lippen erneut auf Hildegards Mund. Weich und naß drückte sie ihr die Lippen auf, so daß die Tropfen auf Hildegards Mund verrieben wurden.

Hildegard schmeckte die Tropfen. Nein, sie hatte das Maul nicht aufgemacht – durch eine schmale Spalte waren sie in ihren Mund gesickert.

Henriette hob ihr Becken, sah herab auf Hildegards rot-verschmierten Mund und lächelte, stolz auf das besudelte Ergebnis, stolzgeschwollen, zähnefletschend.

Hildegard bot ihr ihre Kehle dar, damit sie sich daraufsetzen konnte, wenn sie mochte. Jetzt war alles egal. Sie öffnete den Mund und bot Henriette ihre Zunge. Jetzt war sowieso alles egal.

Bereitwillig streckte sie die Zunge heraus. Frau Doktor senkte ihren Unterleib auf sie herab.

Die Lippen landeten. Der unverwechselbare Geschmack. Henriette drückte ihr Geschlecht an Hildegards Mund, und Hildegard, gegen ihren eigenen, freien Willen angestachelt, machte mit. Sie grub ihre Zunge zwischen das Fleisch, sie leckte und saugte, stieß die Zunge, so weit es ging, nach oben, in Henriettes nachgiebige Öffnung hinein, und fing die Bluttropfen auf.

Mit einem Mal ließ sie sich von ihrer eigenen Leiden-schaft hinreißen, ihrer Gier, die sie doch verabscheute und nicht wollte. Nicht haben wollte. Schlimmer noch: ihr graute davor.

Das Blut rann ihre Kehle herunter. Hildegard wollte es haben. Mehr. Mehr Blut. Mehr Saft. Sie sah nach oben: Henriette schien entrückt und fiebernd, obwohl sie mit halb geöffneten Augen die ihren fixierte und nicht losließ.

Hildegard wußte, daß Henriette gleich so weit sein würde und verstärkte den Druck ihrer Zunge. Nun, da es schon so weit hatte kommen müssen, sollte Henriette es auch schön haben.

Hart drückte Henriette ihr die Lippen auf. Die Bewegun-gen ihres Unterleibs wurden heftig und schnell. Hart. Hart. Hart.

Meine Kronen! Meine Kronen!

Henriettes Oberschenkel zitterten.

Dann erstarrte sie mitten in der Bewegung, verkrampft, und stieß einen Laut aus, der wie eine Mischung aus Klage, Lachen und lautem, gedehntem Schluchzen klang; qualvolles Schluchzen, ein Laut, der Hildegard wohlbe-kannt war und der sie stets rührte. Er traf sie direkt in Magen und Geschlecht.

„Dein Mund ist ganz blutig", flüsterte Henriette

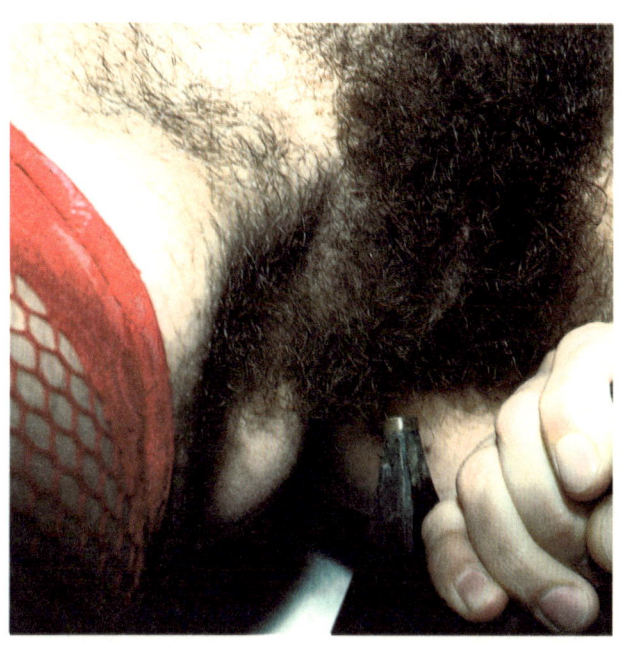

und strich mit den Fingern über den Mund. „Ich habe dein armes, zartes Kinn mit meinen harten Haaren wundgescheuert", hauchte Henriette und küßte das Kinn. „Eine schöne Zunge hast du", lobte Henriette, steckte ihre eigene in Hildegards Mund und leckte. „Wie gut, daß ich sie dir vorhin nicht abgeschnitten habe."

6

Wie angenehm und wohltuend es war, als die Fußfessel gelöst wurde. Befreiung. Als endlich der schneidende Schmerz von der armen, zarten Haut über den Knöcheln wich. Blieben nur noch Hildegards Hände, die Handtasche, und auf all dem ihr eigener Hintern, der schwerer und schwerer wog.

Henriette hatte sich neben sie gelegt, den Kopf zu Hildegards Füßen gewandt, und rückte ganz nah an sie heran. Sie biß in Hildegards Knie, leckte witternd über ihren Oberschenkel, hinauf, immer weiter hinauf, und sagte:

„Mach die Beine breit!"

Der Kopf zwischen ihren Beinen. Hildegard war keineswegs empört. Sie war erregt. Sie wollte, daß Henriette es ihr machte. Jetzt.

Mit einem Arm umfaßte Henriette Hildegards Hüfte. Der Kopf zwischen ihren Beinen. Hildegard öffnete die Augen und sah den weichen, nackten Körper, der halb auf ihrem lag, die Wölbung des Hinterns, direkt vor ihr, zum Greifen nah, wenn sie es nur gekonnt hätte: hineingreifen! Der dunkle Schlitz, der ihn teilte. Die Haare. Der rote Wulst, der glänzend hervorlugte. Fleisch.

Ihr genügte beinahe schon der *Gedanke* an die Zunge, die sie sich vorstellte: weich, naß, leckend.

Der Gedanke an den saugenden Mund Henriettes zwischen ihren geöffneten Beinen.

Kaum, daß Henriette Nase und Mund in die nasse Spalte gedrückt hatte und sie mit ihrem Speichel noch nasser und glitschiger machte, gründlich, ihre Zunge schob sich zwischen die Lippen und öffnete sie, legte die empfindliche Spalte frei, sie leckte im richtigen Rhythmus hinunter und

hinauf – kaum, daß die Zunge sich ihren Weg in beide
Öffnungen bahnte und stieß, genau im richtigen Rhythmus, kam Hildegard.

Gern hätte sie es wohlig hinausgezögert. Gern hätte sie
sich hinhalten lassen.

7

Hildegard und Henriette saßen sich am Küchentisch gegenüber und aßen.

In Hildegards Geschlecht pochte es noch immer warm.
Deutlich fühlte sie eine Flüssigkeit herauslaufen und langsam in die Unterhose, die sie aus Henriettes Kommode genommen hatte, sickern.

*Ich muß es jetzt richtigstellen! So lasse ich nicht mit mir
umgehen!*

Die Tatsache, daß sie es doch genossen hatte, bedeutete
noch lange nicht, daß sie sich so etwas bieten lassen
konnte. Daß sie diese Praktiken goutieren konnte. Gegen
ihren Willen! Das wollte sie Henriette jetzt sagen.

Das lasse ich mir nicht gefallen! Ich sage ihr meine Meinung!

Hildegard rieb vorsichtig, so daß es nicht auffiel, ihr
heißes Geschlecht am Küchenstuhl, wie eine heimliche
Yogaübung, und erschauerte.

Ich sage ihr meine Meinung, und dann gehe ich!

Sie probte die Formulierungen im Geist. Gegen ihren
Willen! Fesseln! Fesseln und rannehmen. Sich einfach
etwas nehmen, ohne zu fragen. Ohne auf ihre zauberhaften, zarten und blütengleichen Bedürfnisse einzugehen.
Gegen ihren eigenen, freien Willen.

Das alles würde sie Henriette jetzt sagen, und danach
würde sie gehen. Ohne sich auch nur ein einziges Mal umzublicken.

„Ich würde ja keinen Ketchup dazu essen", sagte
Hildegard. „Ekligen, roten Ketchup. Ich würde das scheußlich finden."

„So mag ich es", sagte Henriette knapp und schob sich
eine weitere volle Gabel in den Mund.

„ICH würde mich ja davor ekeln", erklärte Hildegard,

nicht ohne den Stolz, etwas Besseres zu sein. „ICH würde so etwas nicht runterkriegen. Richtig ekeln müßte ich mich. Ich würde Herpes davon kriegen." Prüfend sah sie kurz zu Henriette. „Aber DU hast ja so rohe Tischsitten."

Mutwillig goß Henriette einen Schwall Ketchup über Hildegards Bratkartoffeln. Die waren nun versaut.

Hildegard blickte betrübt auf die rote Pfütze auf ihrem Teller und holte Luft, um ihre Beschwerde vorzubringen. Weiter unten bemerkte sie dann allerdings im selben Moment den traurigen Anblick ihrer Socken und zog es vor zu schweigen.

„Die Bratkartoffeln sind uns heute wieder gelungen, nicht wahr?" sagte Henriette befriedigt. „Ich weiß eben, was gut für dich ist."

Genüßlich leckte sie ihr Messer ab, an dem zähes, zerlaufenes Eigelb klebte. Schlllpp.

3.
Das Mahl

1

Henriette drehte die rote Amaryllis, ein Geschenk ihrer Lebensgefährtin Hildegard Buhmann, in der Vase – so, daß sie zur vollen Geltung kam und zum Mittelpunkt des Tisches wurde. Sie richtete sie an. Wie einen Leckerbissen. Die Blüten mußten jedem, der hereinkam, ins Auge springen. Ein Augenschmaus.

„Ich habe ein junges Mädchen zum Essen eingeladen", sagte Henriette beiläufig.

„Was denn für ein junges Mädchen?" fragte Hildegard.

„Naja, eher eine junge Frau. Ihre Echse ist krank, und sie war heute morgen in meiner Praxis."

„Ihre Echse?"

„Ja, ein schleimiges, pickliges Tierchen. Dir hätte es gar nicht gefallen, so zart, wie du bist. Höchstens für deine Sendung."

„Meine Sendung handelt von Menschen, Henriette. Von schleimigen, pickligen Menschen."

„Ach so, ja. Jedenfalls, sie hat einen seltsamen Namen."

„Die Echse?"

„Nein, die Frau. Sie heißt Rubina. Wir haben so nett miteinander geplaudert, und da habe ich sie für heute abend zum Essen eingeladen. Es stört dich doch nicht? Ihre Echse hat Husten."

„Ach je. Konntest du ihr denn helfen?"

„Ich habe ihnen beiden ein Antibiotikum mitgegeben."

„Ich hoffe, sie kommt ohne erkältete Echse und ohne ihren Freund", sagte Hildegard und ging mufflig in die Küche, um das junge Gemüse zu putzen.

Nach einigen Minuten folgte ihr Henriette, die mit der halben Brille auf der Nase und den grauen, flauschigen Haaren sehr anziehend aussah, und holte blutige Fleischbrocken aus dem Kühlschrank.

„Ich glaube, sie ist immerhin so alt, daß sie durchaus schon einen Ehemann haben könnte." Henriette betastete prüfend das Fleisch und bohrte einen Finger hinein.

„Hoffentlich kommt sie ohne ihren Säugling", brummte Hildegard beleidigt und schnitt energisch eine dicke Zucchini klein.

Henriette legte das weiche, wabbelige Stück Fleisch, das sie in der Hand hielt, zurück auf den Teller, auf dem es vor sich hinwässerte und -blutete, und sah Hildegard freundlich an. Das Fleischstück war dunkelrot und prächtig.

„Nun hab dich doch nicht so." Sie lächelte und machte einen Schritt auf Hildegard zu. „Nach dem Essen hast du mich ja wieder für dich allein!"

Sie kniff in eine Backe von Hildegards Hintern. Hildegard quiekte vor Kitzel und vor Freude.

Über den Rand ihrer Lesebrille hinweg blickte Henriette sie lüstern an und sah zugleich sehr klug aus. Klug und attraktiv. Schon immer, seit ihrem Kennenlernen, war Hildegard Buhmann von dieser Mischung aus weiblichem Intellekt und sich dahinter verbergender, zügelloser Gier gefangengenommen. Henriettes Lesebrille, ihre graumelierten Haare und dieser Blick hatten sie schon immer scharf gemacht.

Henriette kniff erneut in eine weiche Backe. Dann fuhr ihre Hand nach oben.

„Das Bällchen wiegen", sagte sie rauh, während sie eine Brust Hildegards umfaßte.

Als Antwort griff Hildegard an Henriettes Brust und sagte nur: „Oja!"

So eine Leidenschaft nach zwölf Jahren. Wild zerrten sie gegenseitig an ihrer Kleidung und flüsterten sich Zärtlichkeiten und Schweinkram ins Ohr.

„Sag etwas Schönes zu mir", drängte Hildegard flehend, „sag mir, wie gut ich heute aussehe."

Henriette schob ihren Schenkel zwischen Hildegards Beine und hielt die Augen hinter ihrer schlauen Brille geschlossen. Ein feines Lächeln spielte um ihren Mund.

Hildegard öffnete Henriettes Bluse und legte ihr Dekolleté frei, um fordernde Finger und Küsse daraufzupflanzen.

„Bitte! Sag mir, wie begehrenswert ich heute abend bin! Sag es!" bettelte sie, „ich brauche es!"

„Ich möchte all die köstlichen, kleinen Schweißtröpfchen von deiner Haut ablecken", sagte Henriette.

„Sag, daß du einen *Fruchtzwerg* naschen möchtest!

Lecker! Sag es!"

„Eine *Monsterbacke* will ich verspeisen", sagte Henriette und schlug die Augen auf. „Saftige Erdbeere."

Und sie öffnete den Reißverschluß vorn an Hildegards rostrotem Trägerrock bis zum Bauch. Ratsch. Er verhakte sich in dem dünnen, schwarzen Body, den Hildegard darunter trug. Es fühlte sich so an, als wäre der Reißverschluß die Verlängerung von Henriettes Fingern, ihren Fingernägeln, die über ihre Haut kratzten, und als grübe er sich direkt in Hildegards Bauchfleisch.

Den Body mit Rollkragen fand Hildegard zwar billig, aber sie hatte sich heute trotzdem dazu entschlossen. Trotzdem. Hach. Sie hatte es nicht nötig, sich feinzumachen, denn sie war fein. Von sich heraus. Naturgegeben. Ganz Hildegard. Henriette warf ihr manchmal vor, overdressed zu sein. „Sei doch mal eine alte Schlampe", pflegte sie dann zu sagen. Aber Hildegard war eine Dame. Sie mußte sich dazu gar nicht anstrengen. Hin und wieder jedoch hatte sie es auch gern ein bißchen ordinär.

Henriette streifte die Träger des Rocks fest über Hildegards weiche Brüste, an ihnen entlang, sie quetschte sie gerade so sehr ein – mit dem exakten Gespür für das richtige Maß –, wie es noch angenehm war, sehr angenehm war es; dann schob sie die Träger über die Schultern. Kraft- und nutzlos geworden hingen sie herab. Hildegard legte selbst mit Hand an und öffnete ihren Reißverschluß so weit, daß der Rock auf den Boden fiel.

„Meine Kleine trägt wieder ihren Turnanzug", kicherte Henriette und betrachtete Hildegard von oben bis unten. Bei der unteren Partie, Hildegard trug den schwarzen Body über schwarzer Unter- und Strumpfhose, verweilte sie länger.

Sie öffnete der Reihe nach die Druckknöpfe an Hildegards Body und zählte laut mit. Eins, zwei, drei. Dann rollte sie ihn nach oben und überprüfte Hildegards Unterwäsche.

„Wo ist denn dein BH!" schimpfte sie.

„Ich wollte heute ganz frei sein", sagte Hildegard kleinlaut.

„Du trägst ja überhaupt nichts darunter!" schimpfte Henriette weiter.

Henriette neckte sie. Das war das Zeichen. Es war vertraut zwischen ihnen. „Doch!" sagte Hildegard, „unten!"

Henriette stöberte weiter unten. Sie arbeitete sich durch Strumpf- und Unterhose hindurch, was nicht einfach war, so stramm, wie beides an Hildegards Hüften saß und gelangte ans Ziel. Endlich.

Das Ziel war offen und nachgiebig. Leicht glitten Henriettes Finger zwischen die Lippen, die sie schon erwarteten.

Hildegard wußte, daß es sich nur noch um wenige Minuten handeln konnte, wenn sie in dieser Stimmung war. Sie wußte, daß, wenn Henriette auf diese bewährte Weise weitermachte, sie gleich so weit sein würde. Henriette wußte das auch und leckte und saugte an Hildegards Hals, an dem die Haut sehr zart war. Das leise, schmatzende Geräusch, das dabei entstand, fügte sich harmonisch zu jenem, das Henriettes Finger an Hildegards Lippen hervorbrachten.

„Hör nicht auf!" sagte Hildegard.

Doch jetzt bettelte sie nicht, sondern sie befahl. In ihrer Beziehung zu Henriette war alles möglich, auch das Befehlen. Sie standen vor der Spüle und labten sich aneinander. Hildegard umschlang Henriettes Nacken und biß in ihr Ohr; in das Knorpelige und in das fleischige Läppchen. Der Speichel lief ihr dabei aus dem Mund. Sie begann, sich gehenzulassen. Sie sabberte. Sie war keine Dame mehr. Das war der schönste Moment. Der hingebungsvollste. Bei jeder weiteren heftigen Bewegung und jeder neuen Sensation in ihrem Unterleib verlor sie einen Speicheltropfen, der an Henriettes Hals herunterrann oder auf ihre Schulter tropfte und ihre Bluse bekleckerte.

„Ding?"

Es hatte an der Haustür geklingelt. So, als wäre Es klein und verschreckt und als könnte Es sich nicht recht entschließen.

Dann endlich, nach einem endlos scheinenden Moment der Verzögerung, der Stille und des Verharrens, kam das „Dong".

Das Klingeln unterbrach sie jäh. Zuerst hielt Henriette inne und ihre Hand weiter in Hildegards Strumpf- und Unterhose, dann zog sie sie schroff heraus und blickte Hildegard kurz unsicher an.

„Ich muß aufmachen", sagte sie entschuldigend und ging zur Tür.

„Du hast ja eine schüchterne, neue Bekannte", rief Hildegard ihr böse hinterher. „Traut sich noch nicht mal zu klingeln."

Verbittert kämpfte sie gegen den großen, harten Kloß in ihrem Hals und das zu erwartende Hervorschießen der Tränen der Enttäuschung an. Wie zwei schlaffe Lappen hingen Vorder- und Rückseite des Bodys herunter. Sie wußte nicht, wie sie den Abend überstehen und wie sie später mit Henriette in einem Bett schlafen sollte. Henriette war lieblos und kalt. Und alles nur wegen eines Besuchs zum Essen. Wahrscheinlich ein kicherndes Gör mit Pubertätspickeln und einer 1 ins Biologie, weshalb sie sich ekelhafte Echsen hielt. Und Henriette kannte das Kind noch nicht einmal. Sie hätte das Klingeln überhören und stattdessen mit ihr weitermachen können. Nein, das hätte sie tun *müssen*.

Hildegard beeilte sich, Unter- und Strumpfhose an den richtigen Platz zu bringen, während Henriette an der Tür wartete, zog den Rock hinauf, ohne die Druckknöpfe des Bodys zu schließen und huschte ins Badezimmer, um nun erst recht zur Dame zu werden. Fertigmachen kleinkriegen abziehen aufmischen würde sie das Gör, das ihr diesen Abend stahl. So kurz vor dem Höhepunkt vor der Spüle stehengelassen zu werden, war schlimmer noch, viel schlimmer als böse Worte und Beleidigungen.

Im Badezimmer überlegte sie kurz, ob sie rasch selbst für das Fertigwerden sorgen sollte. Aber sie ließ es und sah stattdessen in den Spiegel. Was sie sah, gefiel ihr nicht. Enttäuscht. Frustriert. Zerzaust. Verschmiert. Und ganz sinnlos. Verschwendet. Voller dunkler Melancholie küßte sie ihr Spiegelbild auf den Mund. Sonst tat es ja niemand.

Auf dem Spiegel blieb ihr Lippenstift zurück und wirkte wie ein roter Appell.

Hoffentlich würde Henriette diese unanständige Aufforderung peinlich sein. „Eigentlich sehe ich unheimlich gut aus", dachte Hildegard und rüstete sich.

2

Mit klopfendem Herzen, denn sie war schüchtern, besonders in Gegenwart Älterer, und nun wurde sie von einer älteren Frau erwartet, stieg Rubina die Treppen des unauffälligen Hauses in mittelmäßiger Wohnlage hinauf.

Sie stellte fest, daß sie sich gar nicht mehr an das Aussehen der Tierärztin erinnern konnte, obwohl sie erst heute morgen ihren kranken Dieter zu ihr gebracht hatte.

„Wir werden zu dritt sein", hatte die Tierärztin ihrer Einladung zum Essen hinzugefügt, und diese Information verunsicherte Rubina jetzt, wo es so weit war, noch viel mehr. Ein riesiger, schweigender Ehemann am anderen Ende des Tisches. Ein unflätiger, halbwüchsiger Sohn mit langen Haaren. Eine alte Mutter.

Rubina kam absichtlich zu spät, um nicht spießig, ängstlich und jung zu erscheinen. Doch nun war sie in der Tat ängstlich, und sie wäre am liebsten wieder umgekehrt. Warum hatte sie zugesagt? Worüber sollten sie reden? Würde es ein Essen geben, dessen praktische Handhabung sie nicht beherrschte? Würde es peinlich werden? War die Tierärztin alleinstehend? Rubina tippte auf ja. Aber wer war dann der oder die dritte?

Selbstsicher stand Henriette an der Wohnungstür. Sofort berührte sie Rubina am Arm. Rubina zuckte zusammen. Seltsam. Noch heute morgen war sie die Ärztin gewesen, und jetzt war sie so privat.

„Legen Sie doch ab", forderte Henriette im Flur auf.

Auf dem Fußboden bemerkte Rubina ein Stück Abschleppseil. Sie zog ihre Lederjacke, in der sie sich immer so schön brutal fühlte, aus und hängte sie an die Garderobe.

Direkt nach dem Hereinkommen, sanft von der strahlenden Henriette geleitet, erblickte Rubina auf dem Eßtisch, der im Wohnzimmer stand – „Kommen Sie nur herein", lockte Henriette – die *rote Blume*.

„Pfui", dachte Rubina.

Mitten auf dem Tisch stand die soeben im Erblühen begriffene Amaryllis, die vier schwere Blüten trug.

Schau nur, wir sind schlimme Lippen. Du bist im Sünden-

pfuhl, flüsterten die roten Blütenblätter. Sie wirkten gut durchblutet. Bewegten sie sich nicht auch?

- Aber das schob Rubina auf ihre Einbildung und die starke Präsenz, die Omnipotenz der Frau mit dem flauschigen Haar und der Lesebrille, die sie sanft, aber bestimmt vor sich herschob und dabei mit ihrer warmen, kräftigen Hand Rubinas Rücken nicht losließ. So war es schon heute morgen gewesen. „Ich bin autoritätshörig!" dachte Rubina. Henriette hatte einfach beschlossen, daß sie zum Essen kommen würde, und Rubina hatte sich gefügt. Was sie entschuldigte, war ihre Neugier auf Unbekanntes und den Einrichtungsstil einer fremden Wohnung.

„Setzen Sie sich doch!"

Rubina tat, wie ihr geheißen und konnte auch, nachdem sie sich gesetzt hatte, den Blick nicht von den Blüten wenden. Die roten, fleischigen Blätter reckten sich. Gleich würden sie sich noch weiter öffnen, davon war sie überzeugt. Sie hätte sie gern berührt. Sie hätte gern gewußt, wie es wäre, sie zwischen ihren Fingern zu haben und zu reiben. Ihren Finger tief in den Schlund zu stecken.

„Entschuldigen Sie mich bitte einen Moment", sagte Henriette, die vor dem Tisch stand, und verschwand in einem anderen Raum.

Das riß Rubina aus ihren Träumen von strotzenden Blüten. Sie nutzte die Zeit, um kritisch an sich herunterzusehen, wie es den Frauen zu eigen ist. Schwarze Jeans und schwarzer Rollkragenpullover; darin fühlte sie sich immer so schön ausgemergelt, hohlwangig und existentialistisch. Aber die Schuhe drückten. Dafür waren sie sehr, sehr spitz. Sie würde den Abend in ihnen überstehen, wenn sie keine Wanderung unternehmen müßte. Alles an ihr war in Ordnung. Sie war nicht so ungewöhnlich gekleidet, daß das Ungewohnte durch eine ungeschickte Bewegung als nicht-normal-an-ihr auffallen und sie entlarven könnte: *Sie hat sich extra fein gemacht.* Sie hatte vorher überlegt. Alles war gut.

Henriette kam mit einem beladenen Tablett zurück und stellte es auf dem Tisch ab.

„Es dauert noch eine Weile, bis das Essen fertig ist", sagte sie, „aber wir lassen uns die Zeit nicht lang werden, nicht wahr?"

Mit den eingeübten, sicheren Bewegungen eines Menschen, der sich seiner selbst aufs Angenehmste bewußt ist, entkorkte sie die Flasche Chardonnay. Rubina sah auf Henriettes Hände, die so wirkten, als könnten sie nicht nur Schönes, sondern auch Grausames verrichten.

Henriette nahm die beiden Weingläser vom Tablett und schüttete den Wein ein. Sie reichte Rubina ein Glas und setzte sich, erwartungsvoll, wie es schien, ihr gegenüber.

Ganz plötzlich war Rubina so, als müßte sie dringend ihren Tampon wechseln. Das hatte sie zwar zu Hause direkt vor dem Verlassen ihrer Wohnung getan, aber es war der zweite Menstruationstag, an dem immer mit bösen Überraschungen und Unfällen zu rechnen war. In ihrem Unterleib rumorte es. Nicht unangenehm. Auf keinen Fall wollte sie mit durchgesuppter Unterhose dasitzen.

„Wo ist die Toilette?" fragte sie und schämte sich. An eine Slipeinlage hatte sie nicht gedacht.

„Ich zeige es Ihnen", sagte Henriette und stand auf.

Während sie Henriette zum Badezimmer folgte, dachte Rubina erwachsen: „Ich brauche mich doch nicht zu schämen."

Nachdem sie die Badezimmertür abgeschlossen hatte, atmete Rubina auf. Sie sah sich um. Es war ein mit Überlegung eingerichtetes Badezimmer, dem man anmerkte, daß sich hier jemand gern lange Zeit aufhielt, um schöne Wasser- und Körperspiele zu spielen. Ein intimer Ort.

Rubina öffnete Tuben und Flacons, roch an allem, tauchte in zwei Cremedosen ihren Finger, als sie es entdeckte: mitten auf dem Spiegel prangte rot ein Lippenstiftmund. Er erschreckte sie. Dann fiel ihr der Tampon ein.

Das Klo zog nicht so kraftvoll ab, wie sie es von ihrem eigenen gewohnt war. „Geh weg! Geh weg! Geh weg!" rief Rubina in Gedanken verzweifelt ihrem Tampon zu, der im Wasserstrudel hin- und hergewirbelt wurde.

Natürlich war er nicht annähernd so vollgesogen, wie sie befürchtet hatte. Aber voll genug.

Geh weg!

Endlich, nach einer kleinen und schrecklichen Ewigkeit, war der Tampon in den Tiefen der Kloake verschwunden.

Erleichtert wusch Rubina ihre Hände und blickte sich erneut im Badezimmer um. Ein Morgenmantel aus Seide war über den Hocker geworfen, und als Rubina ihn anhob, sah sie darunter zwei Büstenhalter. Sie hatte den Lippenstift nicht vergessen und stellte sich direkt davor, mit dem Schamhügel ans Waschbecken gepreßt; sie sah, daß sie kleiner war als dieser Mund. Auf Zehenspitzen berührte sie leicht *das rote Mal* am Spiegel mit ihren Lippen, erschrak und dachte, wie gut es war, daß niemand sah, was man allein im Badezimmer trieb.

Im Wohnzimmer stand Hildegard dicht neben Henriette und zischte ihr gerade kleine, scharfe Laute zu. Als beide Rubina bemerkten, sprangen sie auseinander.

„Darf ich bekannt machen?" sagte Henriette, „Hildegard. Rubina. Hildegard wird uns ein exquisites Mahl zaubern, und wir beide werden uns bis dahin gut unterhalten. Z.B. über Ihren Dieter."

Ist das nicht? Ist das nicht? – Hildegard Buhmann und Rubina starrten sich mit offenen Mündern an.

3

Die Folienkartoffeln waren gerade im Backofen. Hildegard schnitt vier fettige Avocadohälften in kleine Stücke.

Sie schielte aus der Küche heraus, abgeschoben und zum Kochen verdammt. Aber da war nichts zu erkennen. Die fremde junge Frau – war sie eine Fremde? – hätte wenigstens ins Badezimmer gehen können, um die halbe Flasche Wein, die sie inzwischen getrunken haben mußte, wieder loszuwerden.

War sie eine Fremde? Hildegard war von der Frage gefesselt, ob diese junge Frau diejenige war, mit der sie letztens ein prickelndes, naturkundliches Erlebnis hatte. Die Realität war aufregender als jede Fiktion. Sie hörte leises Gemurmel, das oft, viel zu oft, von Gelächter unterbrochen wurde.

Hildegard spitzte die Ohren.

Aber sie war zu weit vom Geschehen entfernt. Dort passierte etwas ohne sie. Es war, als würden unzählige Kartoffelchips krachend in ihrem Mund zermahlen. Sie war akustisch ausgeschlossen. Sie wünschte sich, den Ton lauter drehen zu können. Sie wollte hören und schauen. Sie wollte dabeisein. Im Mittelpunkt wollte sie stehen und sowohl Henriette als auch diese fremde junge Frau schmachten sehen. Nach ihr. Sie wollte sich daran laben. Sie wollte angesehen werden und sich in den Blicken suhlen.

Sie nahm eine Gabel und zerdrückte damit die Avocadostücke.

„Wie gut ich heute aussehe!" dachte sie, „warum sagt es mir denn niemand?"

Sie quetschte die Avocadostücke zu Brei.

Und sie stellte sich vor, wie gut sie in ihrem knöchellangen Rock aussah, der vorne einen Schlitz hatte und die weiblichen konkaven und konvexen Rundungen an ihr einzwängte und dadurch hervorhob. Ihre dunklen Haare, das Dunkle und Edle an ihr, das unvermittelt in schwindsüchtige Blässe und Traurigkeit umschlagen konnte, drückten vor allem Seelentiefe und Schmerz aus. Ihre dunklen Augen. Die blasse, zarte Haut. „Was für ein abgründiges Gesicht ich habe", dachte Hildegard und spürte es, ohne es im Spiegel bestätigt sehen zu müssen.

„Glubschaugen", hörte sie aus dem Wohnzimmer.

„Krank."

Henriette kam mit der leeren Weinflasche in die Küche. Nur, um sie gegen eine volle aus dem Kühlschrank zu tauschen.

„Es stört dich doch nicht, daß du alleine kochst, oder?"sagte sie und sah Hildegard aus sicherer Entfernung lauernd an.

„Du hast ja schon das Sushi gekauft", sagte Hildegard. Sie sagte es nicht ganz so mild, wie sie beabsichtigt hatte.

„Ich rackere mich doch gern für dich ab, während du dich mit jungen Frauen, die mir zustehen, betrinkst", dachte Hildegard. „Ich stehe gern in deiner Küche, um deinen Fraß zu kochen, gern werde ich von dir kurz vor meinem Orgasmus verlassen..."

„Vielleicht solltest du mit der zweiten Flasche Wein noch warten, sonst hast du nachher keinen Appetit mehr, und das wäre doch schade. Jammerschade", sagte Hildegard.

„Und wieso hast du das Fleisch überhaupt schon rausgestellt?" schob sie bitterböse und besserwissend hinterher.

Henriette, das alte Ferkel, würde sowieso nur wieder die ganze Küche dreckig machen. Hildegard neigte dazu, ihrer Lebensgefährtin die eigene Küche zu verbieten, weil sie nach ihrer Benutzung stets ekelhaft und besudelt aussah. Das konnte Hildegard, die Ästhetin, nur schwer ertragen. In ihrer Umgebung mußte alles schön sein. Darauf legte sie Wert.

Sie drückte einige Tropfen des Saftes einer Zitrone über dem Avocadobrei aus, damit er nicht braun anlaufen würde und rührte die vorbereitete geschlagene Sahne unter. Sie würzte scharf. Extra scharf.

„Keuchen", kam es aus dem Wohnzimmer.

„Wie ein Tier", hörte Hildegard.

Ganz aus dem Gedächtnis stellte sie einen Grießflammeri her und achtete darauf, daß er weich und schleimig blieb und dies auch nach leichter Abkühlung noch sein würde. Sie verrührte den Schleim mit der übriggebliebenen Sahne.

„Ist mir doch egal, daß sie den Pudding warm essen müssen", dachte Hildegard, „*ich* mag ihn so lieber."

Aus dem Kühlschrank holte sie das Sushi. Henriette hatte es ihnen besorgt. Gerecht richtete sie die kleinen Pakete, mit Klebreis, Fisch, Gemüse und Washabi gefüllte Nori-Blätter, auf drei Tellern an.

Hildegard atmete einige Male tief durch, bevor sie den Weg ins Wohnzimmer antrat. Nach ihren wütenden, aber trotzdem präzisen Kochvorbereitungen, die eine Ewigkeit gedauert zu haben schienen, stellten Henriette und Rubina eine hermetische, eingeschworene Gemeinschaft für sie dar, von der sie ausgeschlossen war. Ohne Unterlaß kicherten sie weibisch. Offensichtlich verstanden sie sich ausgezeichnet nach so kurzer Zeit.

Aber es half nichts, sie mußte das Tablett holen. Außerdem war ihr sehr daran gelegen, noch rechtzeitig dazwischenzupreschen.

Mit großer und ehrlicher Befriedigung sah Hildegard, als sie hinter Henriette stand, daß deren Bluse von ihrem Speichel besudelt war. Ein stolzer Fleck, der aus ihrem eigenen, schönen Mund gekommen war. Eine dünne, fest gewordene Kruste auf dem Stoff, die unanständig aussah.

„Liebste, du hast da einen Fleck", sagte sie und spielte zuerst ganz leicht mit den Fingerspitzen, wie zufällig, auf Henriettes Schulter.

Dann bohrte sie ihren Mittelfinger tief und fest in die Schulter ihrer Lebensgefährtin, so tief und fest hinein, wie sie nur konnte. Auch mit dem Fingernagel.

Außer einem leichten Zucken bei der süßlich betonten Kosung „Liebste" hatte Henriette sich nichts anmerken lassen und sagte nun, wie um Hildegards Absichten entgegenzuwirken und sie auflaufen zu lassen:

„Rubinas Dieter hat Fischtuberkulose, mußt du wissen."

Hildegard nahm das Tablett vom Tisch und sagte zu Rubina gewandt, jedoch ohne sie anzusehen:

„Ist Dieter Ihr Freund?"

Beim Hinausgehen nahm sie noch wahr, wie Henriette, „Oh nein!" denkend, die Augen verdrehte und ihre Schulter rieb. „Halt deine Klappe!" dachte sie bestimmt auch noch, und sicher kochte es in ihr! Aber ein Gast war da, und vor Publikum erwies sich Henriette stets als menschlich.

Rubina. Hildegard war sich jetzt ganz sicher. Sie war die Frau, die sie zwar nur oberflächlich kennengelernt hatte, dafür aber pikant. Herzhaft.

Wie paßte dieses Ereignis, das mehrere Wochen zurücklag und bei dem sie sich von ihrer forschesten Seite gezeigt hatte, dazu, daß sie nun nacheinander die vier Gänge des Menüs ins Wohnzimmer tragen würde? Hildegard war entschlossen, diesem Zusammentreffen mit Contenance zu begegnen.

Als sie im Wohnzimmer sagte „Ich hoffe, das Sushi hat keine Fischtuberkulose", versprühte Henriette mit ihren Blicken beißendes Gift. Daß sie so weit die Augen verdrehen konnte! Fast sah es ein wenig ungesund aus, nur mit dem Weißen. Angewidert hatte ihre Lebensgefährtin eigentlich etwas besonders Reizvolles. Etwas, das nur sie, Henriette, vollbrachte. Schnuckelig.

Hildegard verteilte Teller und Stäbchen und setzte sich so, daß sie Rubina von der Seite betrachten konnte.

„Kann ich bitte eine Gabel haben?" dachte Rubina, als sie beherzt die Stäbchen nahm.

„Bitte, dürfte ich wohl eine Gabel haben? Würde es Ihnen etwas ausmachen, wenn ich eine Gabel vorzöge?" dachte Rubina, als sie die kleinen, prallen Röllchen auf ihrem Teller anblickte. Sie wirkten unbezwingbar. „Lieber Gott, erbarme dich! Leg mir eine Gabel hin!" dachte Rubina, als sie verzweifelte.

„*Oh nein!*" Hildegard schrie auf. „Wie konnte ich nur! Ich habe die Servietten vergessen!" Eilfertig sprang sie vom Stuhl.

„Und die gute Soja-Soße!" flötete sie, „ich schusseliges, kleines Dummchen!" Beim Gehen erprobte sie, ob sie mit den Hüften wackeln konnte.

Rubina sah ihr hinterher.

Hildegard spreizte ihren Hintern vom Körper ab. Rubina hatte noch nie auf den Hintern einer Frau geachtet. Und wenn es manchmal vorgekommen war, dann nur, um distanziert festzustellen, ob Steh-, Hänge- oder Bratarsch vorlagen und um diese Variationen prüfend mit den Tatsachen ihres Leibes zu vergleichen, ganz wie es den Frauen zu eigen ist.

Diesen Hintern jedoch hätte sie gerne in den Händen gehabt.

Sie starrte auf den Trägerrock, auf die runden, von rostrotem Stoff umhüllten Pakete in der Körpermitte. Sie hätte gern das Fleisch gedrückt.

Als Rubina bemerkte, daß Henriette sie die ganze Zeit beobachtet hatte, wahrscheinlich las sie gerade in ihren abwegigen Gedanken, fühlte sie heiße Schamesröte ihr Gesicht und ihren Hals überziehen. Aber zu ihrem Erstaunen lächelte Henriette, die ihren Kopf auf die Hände gestützt hielt, nur und sah sie neugierig an. Freundlich.

Ihr Lächeln erstarb, als Hildegard mit Servietten und einem Näpfchen wiederkam und wich rastloser Unruhe, einer Panik, die sich nun in Henriettes Gesicht breitmachte.

Hildegard verteilte die Servietten, stellte die Schale mit der Soja-Soße auf den Tisch und setzte sich. Zufrieden sah sie aus.

Henriette blickte sie ängstlich an, als sie ihren Mund wie zum Sprechen öffnete. Aber Hildegard sprach nicht, sondern machte sich genußvoll am Essen zu schaffen.

Rubina dachte „Da muß ich wohl durch" und zerpflückte mit ihren Stäbchen das gute Sushi. Sie schob kleine Häufchen davon in den Mund, erstaunt darüber, daß es ging und sie sich doch nicht, wie sie erwartet hatte, mit diesem Gerät in der Hand zur Idiotin machte. Bei dem dritten klebrigen Häufchen schaffte sie es sogar, es zunächst in das Soßennäpfchen zu tunken und erst dann zum Mund zu führen. Fischig roch und schmeckte es. Rubina konzentrierte sich auf das Handwerk. Solides Handwerk und die richtige Technik waren die beste Grundlage. Angestrengt kümmerte sie sich um das Einführen der Nahrung und blickte dabei nicht ein einziges Mal auf.

„Lecker!" platzte es inbrünstig aus Hildegard heraus.

Hildegard kaute. Rubina sah zu ihr herüber. Ein Tröpfchen Soja-Soße glänzte auf Hildegards Lippen.

Hildegard führte, als sie Rubinas Blick bemerkte, eins der Stäbchen zum Mund und stieß mit ihrer roten, feuchten Zungenspitze dagegen. Rubina war peinlich berührt – so, als hätte Hildegard sich vor ihr entblößt. Aber es kribbelte auch. Fluchtartig drehte sie ihren Kopf zur Seite, von Hildegard weg, und sah sich im Zimmer um. In den hohen Regalen lagen Schädel mit finsteren Augenhöhlen, dunklen Löchern. Tierschädel mit großen, gelben Zähnen.

„Worüber wollen Sie Ihre Abschlußarbeit schreiben?" Henriettes Frage ließ Rubina in ihrer *Flucht vor der Frau* innehalten und ihren Kopf wieder zum Geschehen wenden.

„Über Ekstase", brabbelte sie und piekste mit den Stäbchen in ihr Essen. „Nein, ich meine über Zähne. Spitze, gelbe Zähne."

Hildegard setzte, wie sie es oft tat, Henriettes Lesebrille auf, die auf dem Tisch lag, um noch anziehender zu sein, als sie es ohnehin schon war. Klug und attraktiv. Eine besonders heiße Mischung. Als Vorwand gab sie an, so ihr Sushi besser erkennen und zielsicherer mit den Stäbchen zupacken zu können.

„Ogott, verbieg sie nicht!" schien Henriette zu denken, denn sie beäugte Hildegard besorgt.

Rubina starrte auf die Brille und dachte an den Soßentropfen auf Hildegards Unterlippe und daran, wie er geglänzt hatte. Sie dachte an die Schädel in den Regalen. Plötzlich mußte sie sich zwanghaft vorstellen, die Brille auf Hildegards Nase mit ihrer Zunge ganz, ganz sauberzuputzen.

Das Höchste wäre es, so phantasierte sie, wenn Hildegard dabei mitmachte.

Wenn Hildegard die Brille langsam abnähme. Wenn sie von der einen Seite leckte und Hildegard von der anderen. Über dasselbe Brillenglas. Lecken. Einspeicheln. Die Brille sauber- und reinschlabbern.

Noch vor einer Stunde hätte sie es ekelerregend gefunden, eine Brille abzulecken oder zuzusehen, wie jemand es tat, und sie hätte ausgewählte Worte zur Bezeugung ihres großen und aufrichtigen Widerwillens gefunden. Aber jetzt wollte sie es tun. Lecken. Einspeicheln. Am oberen Rand könnten sich ihre Zungenspitzen wie zufällig treffen.

Hildegard fühlte Rubinas Blick auf sich, und sie fühlte sich großartig! Erhaben. Es war nicht leicht, eine Göttin zu sein, aber es ging. Hatte die Lesebrille also ihre Wirkung nicht verfehlt. Ihr Schädel war breiter als der Henriettes, deswegen stellte diese sich immer so an. *Nimm sofort die Brille ab!* Du leierst sie aus! hörte sie in Gedanken, aber vor Publikum war Henriette zum Schweigen verdammt. Es war ihr nicht vergönnt, all die häßlichen, kleinen Worte herauszulassen.

„Ich muß zurück in die Küche, ihr Lieben", sagte Hildegard, stand auf und ging in den Flur. Dort begutachtete sie sich in dem großen Spiegel, der sie vollständig zeigte. Die ganze schöne Hildegard. *What you see is what you get,* dachte sie schwärmerisch, während sie ihren unter dem Trägerrock zu ahnenden Körper bestaunte. Leider gab es einen klitzekleinen Wermutstropfen: das Problem des Damenbauches machte auch vor ihr nicht halt.

„Worüber genau wollen Sie Ihre Abschlußarbeit schreiben?" fragte Henriette im Wohnzimmer.

„Über weiblichen Vampirismus als Ausdruck sexueller Ekstase", murmelte Rubina und errötete.

In ihr Hirn hatte sich unsterblich das Bild der Tierschädel eingebrannt. Und plötzlich *wußte* sie es. Die Tierschädel. Die blanken, bleichen Knochen. Hildegard war es gewesen. Das Museum. Das Unaussprechliche.

Im Badezimmer schob Hildegard währenddessen drei Finger zwischen die Schamlippen. Hinein fuhr sie auch. Sie gab sich ganz dieser Beschäftigung hin. Die inneren Wände waren fleischig und naß, *dort bin ich ebenfalls schön* – das war es, was sie jetzt wollte. Ihr Körper enttäuschte sie nicht, denn er produzierte reichhaltig den köstlichen Saft, den sie dringend brauchte.

Großzügig verteilte sie das ganz eigene Parfüm, das in dieser Zusammensetzung nur sie herstellen konnte, an allen pulsierenden Regionen ihres Körpers. Sie verschmierte es besonders ausgiebig an der Halsschlagader, die sie vergötterte.

In der Küche gab sie je einen gelbgrünbraungesprenkelten Klecks Avocadocreme auf drei Teller, wurde mutig und beschwingt und steckte als Folge daraus nacheinander zwei Pfefferminzblätter zuerst in den Mund, lutschte vorsichtig, holte das Blatt heraus und rieb dann die Finger, die vorhin in ihrem Körper gesteckt hatten und an denen noch immer Geruch haftete, gründlich an den Blättern ab.

Die Blätter legte sie zur Dekoration neben die Creme. Ein drittes, jungfräuliches Pfefferminzblatt zierte den letzten Teller: das würde ihrer sein. Sie bedurfte keines zweckgerichteten Reizes mehr, denn sie war schon im Rausch.

Der feuchte Glanz auf den Pfefferminzblättern hatte den Weg zum Tisch überdauert. Hildegard setzte sich. Gedankenverloren nahm Henriette das ihr zugedachte Blatt zwischen zwei Finger, spielte damit, führte es zum Gesicht und roch daran. Sie sah ihrer Lebensgefährtin in die Augen.

„Stimmt etwas mit der Avocadocreme nicht?" fragte Hildegard.

„Nein, nein, alles ist gut", sagte Henriette abfällig, legte ihr Pfefferminzblatt auf Hildegards Teller und begann zu essen.

Rubina vernahm einen undeutlichen Geruch. Die

Avocadocreme hatte eine angenehme Konsistenz im Mund. Ein Geruch, der sie ans Naturkundemuseum denken ließ. Aber dieses Gefühl – *schon einmal gerochen* – führte sie darauf zurück, daß sie nun ganz sicher war, Hildegard zu kennen und sie folglich durch alles, egal, was es war, an die Begegnung erinnert wurde. Die Schädel. Große, starke Saurier. Ein mächtiges Geschlecht. Die Zähne. Vampirös.

Rubina blickte auf Hildegards Hände, deren Hautton dunkler war als ihr eigener. Wahrscheinlich war auch andernorts Hildegards Haut dunkler.

Rubina aß das Pfefferminzblatt auf und bemerkte, daß sie von Henriette beobachtet wurde. Anscheinend war es nicht schicklich, die Dekoration mitzuessen. Sie fühlte sich ertappt. Unter den Blicken Henriettes, die ihr plötzlich streng erschienen, fühlte sie sich so, als seien ihre Gedanken ein für Tierärztinnen sichtbarer, sich immer wiederholender Videoclip ihrer verdorbenen Phantasie.

„Das ist aber lecker", sagte Henriette tonlos und sah Rubina an, nicht Hildegard, die es zubereitet hatte.

„Ja, wirklich sehr lecker", erwiderte Rubina und schwitzte. „Lecker Essen", dachte sie. „Von ihr gemacht. Lecker. Lecker Liebe machen."

Sie verschluckte sich angesichts dieser Wortwahl in ihren Gedanken, und nachdem sie den Brei aus ihrer Luftröhre herausgehustet hatte, gottseidank ohne ihn auf den Teller zu spucken, wußte sie nicht, wohin sie schauen sollte. Der Blick Henriettes war durchdringend und prüfend, und wenn sie zu Hildegard sah, fiel ihr nur noch drängender das ein, woran sie unentwegt denken mußte.

Die Erinnerung an das Naturkundemuseum war wieder da, und diese Erinnerung verselbständigte sich, sie wurde übermächtig. Rubina konnte gar nichts dafür, sie tat es doch nicht mit Absicht!

Es ist stärker als ich.

5

„Sämig. Saftig. Lecker Essen. Vollfrucht. Fruchtfleisch", dachte Rubina. Sie wollte nicht nur den Duft der irdischen Früchte einatmen, sie wollte sie verzehren.

„Leberwurst. Schweinebraten", dachte Rubina. Gleich würde der nächste Gang serviert. Sicher Fleisch.

„Schinken. Rippchen. Fleischbrühe. Sülze. Schulterstück. Bauchfleisch", dachte sie zwanghaft und wurde von mächtigem Grusel gepackt. Mächtig war auch das Geschlecht.

Hildegard stand auf. „Entschuldigt, ich muß mal disturbieren", flötete sie allerliebst, küßte Henriette auf die Wange und räumte die abgegessenen Teller zusammen. Zwei Pfefferminzblätter waren übrig.

Ich würde dich liebend gern verdreschen, sprach Henriettes Blick.

„Fang jetzt bloß nicht an rumzuzicken", dachte Hildegard, der dieser Blick nicht entging.

„Du hast da Lippenstift", sagte sie und strich zärtlich über Henriettes Wange. Mit den Tellern verließ sie das Zimmer.

„Betrachten Sie den Vampirismus eigentlich von der Seite des Täters oder des Opfers?" fragte Henriette.

„Opfer, ja, Opfer", flüsterte Rubina kaum hörbar und blickte in Richtung Küche.

Aus der Küche war das aufdringliche Geräusch heiß werdenden Fetts zu hören.

Rubina hatte sich wieder gesammelt. „Von der Seite des Opfers", sagte sie nach einer kurzen Pause und sah Henriette flüchtig an.

„Die paralysierten Opfer, nach dem Akt ja dann selbst vampirisiert, sind zu vollkommener Hingabe fähig", dozierte die junge Rubina beschickert und starrte auf das rote Mal an Henriettes Wange. „Reine und vollkommene Hingabe." Hastig trank sie ihren Wein. „Mich interessiert am Thema darüber hinaus aber auch das Orale."

„Das Orale?" fragte Henriette, die Rubina ununterbrochen ansah. Rubina sah ununterbrochen weg.

Schwungvoll nahm Rubina einen großen, zu großen Schluck Chablis, die Hälfte lief ihr am Kinn herunter.

„Eigentlich ekle ich mich furchtbar vor allem Oralen", gab Rubina von sich preis.

Henriette langte über den Tisch und wischte mit ausgesucht sanfter Berührung den Wein von Rubinas Unterlippe und Kinn.

„Manchmal ekle ich mich sogar so sehr, daß mir ganz

schlecht wird."

„Ach!" sagte Henriette.

Währenddessen wurde Hildegard in der Küche wütend. So wütend, daß das heiße Fett knallend aus der Pfanne spritzte. So wütend, daß sie eins der wabbeligen Rinderfilets auf die Arbeitsfläche klatschte. Es ging mit ihr durch!

Sie schnitt die abgeschrappten Möhren in Scheibchen. Sehr schöne Hände hatte sie, und das stellte sie nicht erst jetzt beim Frondienst fest, zauberhafte Unterarme. Und die Adern darauf. Hach! Manchmal, in dunklen Momenten, glaubte sie beinahe, ihre Schönheit würde nur ihr allein auffallen. Bestrafen wollte sie Henriette. Böse bestrafen. Dafür, daß sie dies alles nicht wahrnahm. All das sah sie nicht!

Sie wollte von Rubina angehimmelt werden, *Hildegard der Vamp,* und die Bewunderung Rubinas sollte ihre Lebensgefährtin krank machen, zur Weißglut treiben, krank vor Eifersucht machen.

Hildegard wendete das Fleisch in der Pfanne. Vor ihren Augen starben die Rinderfilets immer mehr, sie schrumpelten ein und welkten, sie zitterten in der Hitze, weil Hildegard es so wollte, und das erfüllte sie mit Befriedigung. Macht. Macht über das Fleisch.

Die jungen Möhren dünsteten, und diese blutjunge Frau im Wohnzimmer entbehrte in ihrem Outfit junger Menschen nicht gewisser Reize; aber da Hildegard stets ehrlich vor sich selbst war, gestand sie sich ein, daß sie unentwegt an Henriette dachte.

Daß Henriette sie bis zum Wahnsinn, bis zum Zähneknirschen, bis zum Vor-Wut-auf-dem-Boden-Herumtrampeln reizte. Henriette. Sie wollte mit Henriette ins Bett. Mit der blöden Kuh. Wiedergutmachung in Form von Selbstaufgabe wollte sie.

Hildegard malte es sich aus. Sie dachte gar nicht so sehr an das Nehmen, sondern daran, es Henriette zu geben; und Henriette würde, während sie empfing, ihr Selbst vollkommen im großen, weiten Kosmos Hildegardscher Liebkosungen verlieren, auflösen würde sie sich, sie würde außer Atem *Hilde! Hilde!* stöhnen – schreien!

Nachdem sie dann fertig wären, würden sie den restlichen Wein im Bett trinken, Henriette würde verliebt und entzückt Hildegards Körper betrachten, überglücklich, einen Vamp in ihrem Bett zu haben. Gemeinsam würden sie sich ein wenig über die kleine Rubina und ihren großen Schwips amüsieren.

Vom Naturkundemuseum würde Hildegard nichts erzählen, denn so war sie nicht.

„Manchmal wird mir schlecht", sagte Rubina und drehte auf. „Der Speichel fremder Menschen. Ein Glas, das schon ein anderer Mensch benutzt hat", sie echauffierte sich, „der fremde Speichel ist hineingelaufen und schwimmt im Getränk."

„Abgelutschtes Besteck", fuhr sie fort und redete sich in Rage, „Schleimhautabsonderungen. Rotze in der Bierflasche. Ausgetauschte Quarkspeisen. Fädenziehender Fremdspeichel. Die Frage *willst du mal probieren*."

Je mehr Rubina quasselte – „Ein Kaffeelöffel, an dem noch altes Eigelb klebt!" –, desto mehr war sie von dem Wunsch beseelt, in die Küche zu gehen, um dort Hildegard zu besuchen.

„Der Ekel vor dem Oralen kann aber ganz plötzlich umschlagen in... in... in...", Rubina kam nicht weiter.

„Ja?" fragte Henriette, „umschlagen in was?"

„Sinnlichkeit", sagte Rubina tief und leise, sie zischte es eher – so, als wäre es ein kleines, schmutziges Geheimnis, als hätte sie an unpassender Stelle „Schlüpfer" gesagt oder würde Geschlechtsteile benennen.

Sinnlichkeit. In die Küche zu Hildegard gehen. Einmal in ihrem Leben wollte sie mutig sein, einmal etwas erreichen, weil *sie* es wollte, weil *sie* es initiierte, weil sie den Ball ins Rollen brachte. Im Naturkundemuseum wurde sie gewählt, so wie sie immer gewählt wurde, aber jetzt wollte sie tätig werden. Sie würde jetzt Hildegard wählen, die vielleicht in der Küche saß und auf ein Zeichen von ihr wartete und sich nur nicht traute.

„Und was ist nun das Besondere am *weiblichen* Vampirismus?" fragte Henriette, beugte sich vor und berührte Rubinas Unterarm.

Ertappt! Hildegard sah die Hand ihrer Lebensgefährtin auf dem Unterarm Rubinas liegen. Wie lange mochte sie da schon gelegen haben? Während sie sich in der Küche naiv und voller Unschuld den Möhrchen gewidmet hatte? Und wohin wollte sie am liebsten sonst noch greifen?

„Könntest du bitte den Tisch decken?" fauchte Hildegard. *„Deinen* Tisch! *Schätzchen!"*

Henriette schob den Ärmel von Rubinas Pullover hinauf bis zum Ellbogen und sagte gedankenverloren: „Ja, ja, gleich."

„Nicht gleich, jetzt!"

So eine Unverschämtheit! Henriette hatte es nicht nötig, ihre Hand von dieser Haut, die zweifelsohne glatt und weich war, zu entfernen! Und jetzt streichelte sie den Arm auch noch! Hildegards Seele war zutiefst verletzt und gedemütigt. Ihr Geist aber schmiedete Pläne von beispielloser Niedertracht.

Henriette stand auf, lächelte Rubina mit ihrem wärmsten Lächeln an, ein Lächeln, das sie nur selten für ihre Mitmenschen aufbrachte, und sagte, zu Hildegard gewandt: „Was gibt's denn eigentlich?"

„Fleisch! Zartes Fleisch!"

„Du bist heute so überdreht", sagte Henriette in der Küche, „so zickig."

Sie holte Teller aus dem Schrank. „Könntest du dich dazu mal äußern?"

Aber Hildegard schwieg. Die große Schweigende. Jawohl. Sie nahm die Fleischgabel und stach besonders fest zu. Der Saft quoll aus den Rinderfilets.

„Hildegard." Henriette hatte die Teller wieder weggestellt, sich hinter Hildegard begeben und legte ihr eine Hand auf die Schulter.

Hildegard perforierte die Filets mit der Fleischgabel. Sie würde sich nicht umdrehen.

„Wir wollen das doch noch essen", sagte Henriette sanft, nahm Hildegard vorsichtig die Gabel aus der Hand, so, als wäre sie ein Schlachtermesser und als bestünde die Gefahr, daß Hildegard jetzt damit losschlachten würde, und hauchte einen Kuß auf ihre Wange.

„Was hast du denn?" Henriette legte die Hände um Hildegards Taille und drehte die ganze große, schöne Hildegard zu sich herum.

„Ich habe nichts!" sagte Hildegard patzig, sah an Henriette vorbei und kam sich heldenhaft und tapfer vor. Auf ihrem Rock war ein Fettspritzer, der niemals wieder herausgehen würde. Das aus ihrer Seele ginge auch nie mehr heraus. Aber sie würde schon allein damit fertigwerden.

„Dann ist ja gut!"

Mit Tellern und Besteck verließ Henriette die Küche.

Sie ließ sie einfach stehen. Sie hielt es nicht für nötig, ein zweites Mal nachzufragen.

6

Beim Filet kam das Grauen über Rubina.

„Die Tierärztin weiß alles!" In dieser Form kam es.

„Nehmen Sie doch noch von der Joghurtsoße! Greifen Sie zu!" forderte Henriette fleißig auf.

„Brühwarm hat sie ihr danach sofort alles erzählt." In Rubina dämmerte die Ahnung und wuchs.

„Ist doch Joghurtsoße, oder?" fragte Henriette Hildegard, die gerade wohlig kaute.

„Mm-mh."

„Und die Tierärztin hat mich nur eingeladen, damit sie etwas zu lachen haben. Es war gar kein schönes und einzigartiges Ereignis für Frau Buhmann, so wie es für mich eines war." Rubina war den Tränen und dem Kotzen nah. Literweise Schweiß sickerte schon seit geraumer Zeit in ihr neues, leopardengemustertes T-Shirt unter dem Rollkragenpullover, unerbittlich, stetig und regelmäßig wie ein Tropf am Krankenbett; und jeder einzelne Tropfen Schweiß, unter den Armen, am Rücken, zwischen den Brüsten, sagte: *Ich habe Angst. Ich schäme mich.*

„Kommen Sie! Wollen Sie nicht noch ein Stück Fleisch? Greifen Sie zu!" sagte Hildegard, den Tonfall Henriettes nachahmend, obwohl Rubina von ihrem Stück noch nicht einmal die Hälfte verzehrt hatte.

Und wie sie beide schauten!

„Oje! Oh nein!" dachte Rubina, *„zu dritt!"*

Vor ihren Augen drehte sich alles. Sie stocherte in ihrer Folienkartoffel, traf das Möhrchen mit der Gabel nicht, entschuldigte sich, weil sie während des Essens den Raum zu verlassen gedachte, versprach sich, konnte einfachste Worte nicht artikulieren und stand schließlich auf.

Beinahe warf sie den Stuhl um. Sie hatte einen hochroten Kopf, in dem die Erkenntnis pochte.

Im Badezimmer setzte sie sich auf den kalten Fußboden und weinte vor Scham den Morgenmantel, in den sie sich verkrallte, naß. Sie lachten über sie, dessen war sie sich jetzt sicher. Sie war ein Spaß, ein Spiel; wegen niederträchtigster Motive war sie hierhin eingeladen worden. Sie sollte belächelt und benutzt werden. Vielleicht sogar im Keller gefesselt, so etwas sollte es ja geben. Daß Frauen so grausam sein konnten!

Sie grübelte und weinte, beides zugleich, wühlte mit den Händen im Morgenmantel, um sich an etwas festzuhalten und stieß auf die beiden Büstenhalter darunter, die sie das bittere Weinen kurz vergessen ließen. Rubina beschnupperte die BH's, zuerst zögernd, dann roch sie gierig – so, als würde dort die Antwort liegen. Einen legte sie sich an die Wange und schmuste mit ihm.

„Ach! Du kannst mich auch nicht trösten!" schluchzte Rubina und warf den BH weg, um ihn gleich darauf wieder streichelnd an sich zu nehmen.

Aber noch während sie sich hilflos und nackt im Keller angekettet sah, glitt diese Vorstellung hinüber in eine andere, freundlichere, nämlich die, daß auch Frau Buhmann nicht vergessen konnte. Daß sie vor ihrer Freundin mit ihr angeben wollte. Weil es mit ihr, Rubina, so großartig gewesen war, ein echtes Erlebnis.

Frau Buhmann, die reife, geheimnisvolle Frau, diese elegante Erscheinung, wollte sie haben – und sie wollte sie auch. So mußte es sein! Denn wenn es nicht so wäre, dann könnte Rubina niemals mehr das Badezimmer verlassen und zum Essen, zu ihr, zurückkehren.

Sie kuschelte mit dem Büstenhalter und malte sich bebildert Hingabe aus.

Die Hingabe Hildegard Buhmanns, die auf ihr lag, nachdem sie sie mit zu sich nach Hause genommen hatte.

Die in ihrem Bett auf ihr lag, unter dem Poster des Tyrannosaurus lagen sie und wälzten sich; nicht den Schweiß der Angst, sondern den der Wahrhaftigkeit, der Größe vergossen sie in Strömen.

Sie hätten nicht das Licht ausgeknipst, stellte Rubina sich vor, denn sie wollten ihre Ekstase sichtbar werden lassen; und sie, Rubina, wollte *sehen,* wie Hildegards Gesicht ein Weiter-, Immer-weiter-Machen erflehte.

Nicht aufhören! Mehr! Mehr!

Rubina war eine begnadete Regisseurin. Und das ganz ohne Drehbuch. Sie würde Hildegards Brüste drücken, filmte sie auf den Badezimmerfliesen weiter, während Hildegard über ihr kauerte, ein wartendes, verletzliches Tier; ihre Hände, die alles Jetzige und alles Zukünftige wußten, würden von den Brüsten über die Rippen, den Bauch, hinunterstreichen, sie würden das Zentrum erst quälend langsam erreichen.

Hinhalten würden ihre allwissenden Hände sie, hinhalten, weshalb sie alsbald anfinge zu flehen, Hildegards Mund würde sich verzehrend und dürstend auf ihren herabsenken. Und ihre Zunge würde tief in Hildegards Mund gleiten, ihre Zähne, ihren Gaumen, die Schleimhaut ertasten und in Besitz nehmen – Rubina, die Eroberin, die Barbarin –, während viel weiter unten ihre klugen Finger in sie eindringen und ihr Geheimnis bloßlegen würden.

Das Poster schließlich würde zu *ihrem* Bild, *ihrer* Vision werden, so wie manche Menschen gemeinsam *ihr* Lied haben. Tyrannosaurus.

Oooaaarh!

„Huhu", hörte Rubina von draußen und kehrte in die Wirklichkeit zurück.

„Huhu, es gibt Pudding!" Nur wußte sie nicht, um welche Wirklichkeit es sich handelte. Und wenn es nun doch zu dritt geschehen sollte? Gruppensex? Orgie? Würde sie dem gewachsen sein?

Sie stand auf, versteckte die Büstenhalter unter dem Morgenmantel, absolvierte verkürzt ihr Atemtrainingsprogramm zum Zweck der Entspannung und entriegelte die Tür.

„Ist mir doch egal, daß sie den Flammeri schleimig essen

müssen", dachte Hildegard, „*ich* mag ihn schleimig", und tischte auf.

Finster beäugte Hildegard ihren Grießpudding. Nicht ohne den ihr eigenen Hang zur Melodramatik stellte sie sich vor, Henriettes Wohnung wäre rubinafrei. Sie würde mit Henriette zu streiten beginnen, schließlich war sie im Recht, und das würde auch ihre grenzüberschreitende Leidenschaftlichkeit beim Streiten erklären.

Sie wäre sehr streng zu Henriette, streng, aber gerecht, und sie würde nichts durchgehen lassen. Bei gegebenem Anlaß wäre sie nachsichtig, vielleicht sogar mild.

Henriette würde dann weinen, und da Hildegard kaum etwas mehr rührte als die Tränen ihrer Geliebten, müßte auch sie weinen. Sie würden sich aneinanderklammern, den Kopf auf die Schulter der anderen gelehnt, die Tränen würden auf die Kleidung tropfen, ein jeder Tropfen würde sagen: *Hildegard! Henriette!* Sie würden einander den Kopf mit den Händen umfassen und langsam auf den Boden gleiten, und der Trost ginge nahtlos in einen sexuellen Akt über, noch hier auf dem Teppich.

„Du ißt ja gar nichts", sagte Henriette.

Schwang da nicht der liebende Ton der Sorge in ihrer Stimme mit?

Bestimmt sah Hildegard jetzt sehr traurig aus.

Und war da nicht auch Verlangen in Henriettes Blick und eine Spur von zu Herzen rührender Unsicherheit?

Rubina und Henriette hatten ihre Schälchen leergegessen. Nur ihr eigenes war noch voll. Was in diese Rubina nicht alles hineinpaßte; sie selbst war ja eher zart und üppigem Essen nicht so zugetan. Dabei hatte der Pudding genau die Beschaffenheit, die sie mochte, warm und weich und klebrig.

Sollte Henriette das nicht nachdenklich machen, sollte ihre Appetitlosigkeit nicht ein ausreichender Grund für sie sein, sich endlich zu sorgen?

7

„Na gut." Rubina erklärte sich bereit.

„Na gut", dachte sie, „gleich gehe ich in die Küche."

Henriette stand auf und programmierte den CD-Player. Vor einem der hohen Regale blieb sie stehen, nahm einen Tierschädel heraus, sah ihm in die Augen und hielt ihn lange; sie umfaßte ihn mit beiden Händen.

„Ich könnte beim Abräumen und Spülen zu helfen vorgeben", plante Rubina kühn, „und wenn wir dann allein sind, werde ich es tun. Ich werde sagen: *Du bist es. Hier bin ich!* Ja, ich werde es tun. Nichts wird mich davon abhalten. Ich werde sagen: *Ich bin damit einverstanden. Wir können auch zusammen mit deiner Freundin ins Bett gehen. Das wollte ich schon immer ausprobieren.*"

Sie korrigierte den letzten Gedanken: *So etwas habe ich natürlich schon oft getan.*

Rubina nahm einen großen Schluck Wein und strahlte Henriette an, die sich wieder gesetzt hatte; sie war um so vieles wissender und vorausschauender als Henriette. Fast hatte sie Mitleid.

Voller Vorfreude zappelte Rubina unruhig auf ihrem Stuhl, bis plötzlich, ohne Vorwarnung, vor ihrem inneren Auge Zärtlichkeiten zwischen der Tierärztin und ihrer Hildegard ausgetauscht wurden. Das bremste sie ungemein.

„Sie haben einen Koffer", dachte sie seherisch, „einen großen Koffer voller monströser Gegenstände haben sie unterm Bett stehen. Den ziehen sie bei Bedarf hervor und klappen ihn auf."

Hildegard ließ den Brei zäh in den Müll tropfen, wo sich bereits Berge ungegessener Speisen türmten und drängten.

Dann wog sie das Bällchen in der Hand. Die große, dicke Grapefruit zerschnitt sie in der Mitte. Sie stand voll im Saft. Hildegard legte die Hälften auf zwei kleine, dunkelblaue Teller, arrangierte das Ganze zusammen mit einem Zuckergefäß und zwei langstieligen Löffeln auf dem Tablett zu einem gesunden, ästhetischen Snack und trug es ins Wohnzimmer.

„Noch etwas Obst, die Damen?" sagte Hildegard, stellte die blauen Teller mit den Fruchthälften vor ihre Adressatinnen und bedachte Henriette mit einem zärtlichen Blick. *Bald.*

„Für mich hat es leider nicht mehr gereicht", bedauerte

sie und war voller Spannung, wie die Damen ihre Früchte bezwingen würden, insbesondere, wie Rubina verbissen mit der Grapefruit kämpfen würde.

Bald darfst du in meinen Armen weinen, Henriette!
Sie sah jetzt bestimmt sehr traurig aus. Und bestimmt sah das sehr schön aus.

„Bist du denn mit deiner Sendung weitergekommen?" fragte Henriette.

„Ach", seufzte Hildegard.

„Sie spritzt!" dachte Rubina entsetzt. Und alle hatten gesehen, wie ungeschickt sie sich anstellte. Hildegard hatte gesehen, wie ihr der Saft in die Augen spritzte.

Rubina sah von einer zur anderen und dann ins Innere ihrer Frucht. Sie stellte sich die immer gleiche Frage, die einzige, die ihr nun noch bedeutsam schien:

WIE GEHT DAS?
Doch die massakrierte Grapefruithälfte antwortete nicht.

Rubina sah von Hildegard zu Henriette und wieder zurück, aber die beiden waren in ein leises Gespräch über irgendeine Sendung vertieft und beachteten sie nicht. Rubina fragte sich lange, wie sie am besten die Hand auf Hildegards Unterarm plazieren sollte, so wie die Tierärztin es vorhin bei ihr getan hatte, ob die Berührung eher wie ein kaum merkliches Streichen, ohne den geringsten Druck, ausfallen sollte, das wäre sehr zärtlich und feminin, oder ob sich hinter ihr spürbar die drängende Aufforderung zeigen sollte: *Komm jetzt endlich. Fangen wir an. Ich bin bereit.*

Sie wischte ihre sowohl vom Schweiß als auch von der Frucht klebrigen Hände unter dem Tisch heimlich an ihrer Hose ab und nahm erst einmal einen Schluck Wein.

Vielleicht hatte sie zu lange überlegt? Hildegards Unterarm war nicht mehr erreichbar, denn ihr ganzer Oberkörper war zu der Tierärztin gebeugt, und ihr Gesicht befand sich dicht vor ihrem.

„Es wird ganz toll, ich weiß es", platzte Rubina laut heraus.

Henriette wandte ihren Blick von Hildegards Augen zu denen Rubinas.

„*Was* wird ganz *toll?*"

„Naja...", sagte Rubina.

Sie beeilte sich – jetzt, wo sie doch angesehen wurde –, mit beiden Händen an ihren Rücken zu greifen und dort den ursprünglich weiten Pullover so zusammenzuraffen, daß er in der Taille eng anlag.

„*Was* wird ganz *toll*, wie Sie sich auszudrücken pflegen?" wiederholte Henriette.

Rubina stärkte sich mit einem Schluck Wein. Und dann kam es:

„Das Unausweichliche." Rubina war stolz darauf, so ein schönes Wort gefunden zu haben.

Das schöne Wort hatte solch eine magische Aussagekraft, daß die beiden Süßen schwiegen.

Rubina mußte lange, sehr lange auf die Lesebrille starren, die auf dem Tisch lag; irgendetwas war mit dieser Brille. Schließlich wurde ihr Bedürfnis, die Brille anzufassen und an sich zu nehmen, unerträglich. Sie würde auch mit den Gegenständen, die jetzt noch unschuldig im Koffer unter dem Bett verpackt waren und auf ihren sündigen Einsatz warteten, fertigwerden, sie würde sich qualifizieren, es wäre doch gelacht!, und sie würde behaupten, im täglichen Umgang damit vertraut zu sein.

Als sie die Brille spielerisch in ihren Händen drehte und wendete, blickten die Tierärztin und Hildegard gleichzeitig zu ihr.

Rubina erinnerte sich, daß beide, die Tierärztin und ihre Hildegard, sie im Laufe des Abends aufgesetzt hatten, obwohl sie sicher nur einer gehörte und daß dies vielleicht etwas bedeutete, ein Zeichen war. Wie immer auch, jetzt gehörte sie genauso ihr. Sie war aufgenommen in den magischen Kreis.

Rubina setzte die Brille auf. Vielleicht war diese Brille das erotische Signal? Sie hätte sich gern damit im Spiegel gesehen. Um welche Dinge es sich wohl handelte, dort in jenem Koffer? Um Haushaltsgegenstände? Küchengeräte? Ob das nicht wehtat? Oder um eigens dafür gemachte? Davon hatte sie etwas im Fernsehen gesehen, in einer Sendung, die *Schweinerei* oder so ähnlich hieß und die sie eher verwirrend als lehrreich in Erinnerung hatte.

„Sextoys", rutschte ihr unabsichtlich heraus. Aber immerhin zeigte es, daß sie Bescheid wußte.

Sie schielte über den Brillenrand. Das Schweigen im Raum, auch die Tatsache, daß Hildegard und Henriette auf den Tisch sahen und das Wort überhört zu haben schienen, führte sie darauf zurück, daß sie richtig lag, über so etwas die Frauen aber nicht gern sprachen. In der Abgeschiedenheit des Badezimmers würde sie kurz dem Anblick ihres Gesichts mit Lesebrille frönen und sich frisch machen.

8

Henriette umschlang Hildegard von hinten.

„Das Mädchen, das du dir da angelacht hast, ist heillos betrunken", sagte Hildegard und legte ihre Hände auf die Henriettes.

„Ja, und sie hat meine Brille auch noch ins Bad mitgenommen, was will sie bloß damit?" jammerte Henriette leise in Hildegards Ohr und biß hinein. „Sie wird sie verbiegen", aufdringlich schob sie ihr die Zunge ins Ohr, „oder als Sextoy benutzen!"

„Wahrscheinlich will sie auch mal so attraktiv sein wie du", sagte Hildegard, lehnte den Kopf zurück und führte Henriettes Hände zu ihren Brüsten.

„Ach!" sagte Henriette und zog ihre Hände weg, „liegt das nur an meiner Brille?"

„Ein wenig liegt es auch an deinen grauen Haaren", gluckste Hildegard vergnügt.

„*Wie meinst du das?*" Erwachender Zorn vibrierte in Henriettes Stimme.

„Lieb!" sagte Hildegard und begann laut loszulachen.

Im Badezimmer zog Rubina ihren Pullover und auch das Raubkatzen-Shirt aus.

Gerade, als sie die Lesebrille wieder aufsetzte, um zu sehen, wie sie in Kombination mit frischer, nackter Haut wirken, ob dies ein besonders starkes erotisches Signal aussenden würde, hörte sie schamloses Gelächter, und ihr Mut sank wie ein stetig abfallender Blutdruck.

Frischmachen! Wozu?

Gleich würde überhaupt kein Mut mehr in ihr übrig sein.

Mit verschränkten Armen stand Henriette hinter ihrer wie blöde lachenden Lebensgefährtin und schien der Frage nachzugehen, ob sie mitlachen und weitermachen oder ob sie sehr beleidigt sein sollte. Während sie noch unschlüssig war, drehte Hildegard sich um und bekam rechtzeitig, bevor Henriette die Absicht verstand und ihr hätte entwischen können, einen Zipfel ihrer Bluse zu fassen.

Im nachfolgenden Gerangel riß ein Blusenknopf ab und fiel auf den Teppich.

„Du blöde Kuh! Guck mal, was du gemacht hast!"

„Ach je! Die schöne Bluse!" rief Hildegard.

„Schöne Bluse", hörte Rubina aus dem Wohnzimmer, so entfernt, als käme es von einem anderen Planeten.

Schöne Bluse. Aber sie trug doch einen Pullover! Sie blickte in den Spiegel, über den Brillenrand hinweg. Nein, sie sah nicht so aus.

Um die Brille herum wusch sie ihr fettglänzendes Gesicht und betupfte es anschließend mit der Creme fremder Frauen von fremden Gestirnen: aufregende Frauen. Nein, so war sie nicht. So würde sie niemals sein. *Iiieeh, sind die doof,* probierte Rubina, *so will ich gar nicht sein –* so halbherzig jedoch, daß es ihr auch nicht weiterhalf.

„Du bist brutal", sagte Henriette, „ich hab es schon immer gewußt."

Sie schob Hildegards Rollkragen nach unten und biß als verspätete Rache für deren Frechheit und für den abgerissenen Knopf so fest in ihren Hals, daß der gebissenen Kehle ein Stöhnen entfuhr. Die Speichelspur glitzerte auf der Halsschlagader.

Aus dem fröhlichen Wohnzimmer hörte Rubina Gekicher, das manchmal in eine tiefe Tonlage hinabrutschte; *die* Tonlage war es, der sie eigentlich beiwohnen wollte, Laute der Enthemmung.

Vor ihrem inneren Auge, das auf eine bemerkenswerte Weise dazu imstande war – mit selbstquälerischer Liebe zum Detail, keine noch so kleine Einzelheit ließ es aus –, den Blick durchs Schlüsselloch nachzuempfinden, gaben sich Hildegard und Henriette in diesem Moment einer Leidenschaft hin, die sie ausschloß und ihr Vorhandensein löschte.

Rubina setzte sich auf den Badewannenrand und überlegte, ob sie einen der Büstenhalter wieder hervorholen und um ihre nackten Brüste legen sollte. Vielleicht würde dieser Akt sie trösten. Vielleicht würde sie dann indirekt teilnehmen.

Sie verwarf diesen Gedanken. Alles verwarf sie, jeden ihrer tollkühnen Pläne. Sie mochte auch gar nicht mehr den Lippenstiftmund am Spiegel mit ihren Lippen befeuchten. Sie mochte nicht mehr dieses Gesicht, Symbol des Scheiterns, ansehen, nicht mehr ihre traurigen Brüste im Spiegel begutachten, sie nicht mehr in den eigenen Händen wiegen, ihre Brüste, deren Warzen nur aufgerichtet waren, weil sie fror und sich zu Tode schämte.

Schauderhafte Gedanken waren es, in denen sie sich verlor: Ich werde nie dabei sein. Iiieeh, sind die doof. Ausgezogen und nichts passiert.

Wenn sie einfach im Badezimmer bliebe? Wenn sie nie wieder hinausginge? Wenn sie sich einkerkerte?

Sie mußte ihre Lähmung bezwingen, jetzt sofort, also konzentrierte sie sich: *Ich muß handeln. Ich will handeln. Ich handle gern.*

Sie hüpfte vom Badewannenrand, *Handeln ist gut für mich!,* zog nacheinander T-Shirt und Pullover an und setzte die Lesebrille auf – der erotische Kick, der ihr nicht zustand.

So leise wie möglich drehte sie den Schlüssel im Schloß, drückte ebenso lautlos die Klinke herunter, betrat wild klopfenden Herzens den Flur und nahm ihre brutale Lederjacke von der Garderobe. Sie zog sie nicht an, denn in ihrem Elend war sie schlau. Die Jacke knarrte laut und würde sie verraten. Schnell schlüpfte sie hinaus. Ein unauffälliges Gespenst.

„Hallo, wo wollen Sie denn hin?"

Und es ereilte sie keine gnädige Ohnmacht.

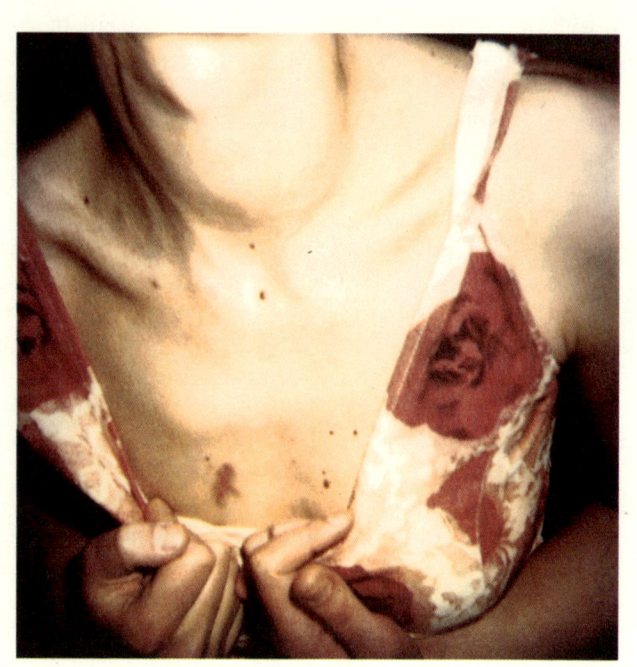

4.
Frauenkosmos

1

Marlene Gott dachte an gewaltigen, kosmischen Sex.

Sie wollte sich einen langgehegten Wunsch erfüllen, heute war sie in der richtigen Laune. Sie wollte sich beschenken. Sich etwas Gutes gönnen. Spaß, Spiel und Eleganz.

All die lästigen, kleinen Fliegen, die in ihre Wohnung eingedrungen waren, zog es magisch in eine offene Flasche, auf deren Boden noch ein klebriges Pfützchen Cola stand. Marlene Gott sah ihnen von Zeit zu Zeit beim Ertrinken zu, nicht ohne Gefühle. Die vielen Fliegen. Die armen, kleinen Fliegen. Sie hatte die Macht.

Sie dachte verträumt an die Innenseiten ihrer Oberschenkel, schob ihren Rock hoch, öffnete die Beine und legte ihre Hand auf die bloße Haut. Fleischig und weich. Aus der Wohnung über ihr drang heftiges Geschrei, das sie in ihre Gedanken einfließen ließ und mit ihnen verwob.

Sie dachte an ihre Hüften und ihren Bauch. Geschickt verband sie das Geschrei von oben mit ihren Träumereien, und sofort wurden es Schreie der Begeisterung. *Wie schön doch meine Dehnungsstreifen sind.* In Wellen der Steigerung gingen die Schreie allmählich in Hysterie über.

Marlene Gott dachte an gewaltigen, kosmischen Sex, wie sie es so oft tat; sie genoß die Vorstellung, die einer reifen Frau, und schwelgte prachtvoll darin, bis ihr einfiel, daß der Laden für Devotionalien schon um 18 Uhr schloß. Jetzt aber schnell!

„Es ist aus!" schrie es im oberen Stockwerk, als sie ihre Wohnung verließ. Dort oben wurde die Tür mit solcher Wucht zugeknallt, daß der Hausflur erbebte.

Schnaubend stürmte eine Frau die Treppen herunter. Marlene Gott zog gerade ihre eigene Tür ins Schloß, drehte sich um und begegnete ihrem Blick.

Zwar standen Tränen in den Augen der Frau, aber sie grummelte in tapferem und gerechtem Zorn: „Hackfleisch mach ich aus dir."

Als sie Marlene Gott bemerkte, wich das böse Hackfleischgesicht und machte vollkommener Verblüffung Platz. Sie blieb stehen.

Sie kam so nah heran, daß Marlene Gott die Poren ihrer Haut, die Länge ihrer Wimpern, den zarten Hauch dunkler Ränder, die kleinen Fältchen einer Endzwanzigerin unter ihren Augen und große, geweitete Pupillen erkennen konnte. Sie faßte Marlene Gotts Unterarm. Zuerst zögernd, dann griff sie voller Entschlossenheit zu. Ihre Abtastung dehnte sie auf Marlene Gotts Oberarme und Schultern aus, bis sie „Oh!" seufzte. Und, lauter: „Oh danke!"

„Danke!" Sie strahlte. Beglückt und vollkommen verwandelt setzte sie ihren Weg nach unten fort. Marlene Gott schüttelte ganz leicht den Kopf und wunderte sich, aber nur ein bißchen.

Bei der nächsten Begegnung im Treppenhaus, diesmal mit ihrem Nachbarn Herrn Hirsch, wunderte Marlene Gott sich stärker.

Der glasige Blick des Herrn Hirsch, der starre Blick einer Maschine, und seine Kurzatmigkeit fielen ihr auf; letzteres führte sie auf die Anstrengung des Treppensteigens zurück und dachte sich nichts weiter.

Trotzdem folgte sie einer plötzlichen Eingebung und drehte sich, nachdem sie einige Stufen hinuntergegangen war, zu Herrn Hirsch um; das hatte sie noch nie getan. Herr Hirsch war auf dem Treppenabsatz stehengeblieben, starrte sie von dort bewegungslos an und stammelte:

„Frau Gott!"

Herr Hirsch, der ihr niemals einen Funken Freundlichkeit entgegengebracht hatte und der zumeist auch jedes „Guten Tag" verweigerte, Herr Hirsch, der stets fluchtartig in seine Wohnung, die neben ihrer lag, huschte, um so schnell es ging in paranoider Panik die Tür hinter sich zuzuwerfen und zweimal abzuschließen, Herr Hirsch, der auch nach fünf Jahren noch nie ein persönliches Wort an sie gerichtet hatte, starrte ihr mit offenem Mund hinterher. Seine Arme hingen leblos und schlaff an ihm herunter.

Marlene Gotts analytischer Verstand sagte ihr, als sie hinaus auf die Straße trat: Herr Hirsch, das arme Würstchen, von seiner Einsamkeit zerfressen, ist irre geworden. Dieser Gedanke beruhigte sie nicht nur ungemein, sondern erweckte auch eine kleine, harmlose Schadenfreude in ihr. *Wie gut, daß ich kein armes Würstchen bin.*

Vor dem Haus war die pubertierende Tochter der Familie Klosowski gerade im Begriff, eine prallgefüllte Tüte in den Mülleimer zu werfen, als ihr diese beim Anblick von Marlene Gott aus der Hand rutschte, zu Boden fiel und dort zerplatzte. Der stinkende Müll einer vierköpfigen Familie lag unansehnlich auf dem Bürgersteig. Eklig.

Nanette Klosowski starrte gebannt zu Marlene Gott und zitterte am ganzen Leib. Wortlos streifte sie ihren schwarzen Pullover über den Kopf. Dabei verschmierte sie die schwarze Schminke in ihrem Gesicht und zerriß eines ihrer Ohrläppchen, als der Pullover den langen silbernen Totenkopf aus ihm herausriß. Sie knöpfte ihre schwarze Jeans auf und zerrte sie an den Beinen herunter, aber bei dem Versuch, sie abzustreifen, verheddete sich die Jeans heillos an ihren Cowboystiefeln. Auf ihrer Unterhose stand *Friday*.

Mit heruntergelassener Hose und einem stark blutenden Ohr warf sich die fünfzehnjährige Nanette Klosowski neben den familiären Müllhaufen und scheuerte ihren Körper am Pflaster wund. In verklebten Strähnen fächerten ihre tiefschwarzgefärbten Haare den Müll.

Marlene Gott fand das in Ordnung.

Aber sie hätte sich doch ein *etwas* anderes Zielpublikum für ihre Ausstrahlung, ihre *Aura* gewünscht.

2

„Ihr üblen Käfer", dachte die Außerirdische gelangweilt. „Zertreten werde ich euch, wenn ich es möchte."

Träge saß sie auf ihrem Heimatplaneten, fern von der Erde.

Auf anmutige, erhabene Weise langweilte sich die Außerirdische ein wenig, stellte in ihrem Kopf das Lied *Planet Claire* an, obwohl sie selbst es erst kürzlich während der Ausscheidung komponiert hatte und schaltete sich in das Leben und das Schicksal von ca. 80 Erdenbewohnern willkürlicher Wahl ein. Beep beep.

Nachdem sie einige Wohngeld-, Sozialhilfe- und noch viele ähnliche Anträge mehr an ganz verschiedenen Orten parallel und geschwind abgelehnt hatte, wozu es sich in

Cluster 2014 ihres Gehirns ein wenig rühren und sie eine ihrer zwei vorderen Extremitäten leicht krümmen mußte, nachdem sie sieben neue Erdenkinder gezeugt hatte, fünf davon absichtlich auf besonders lusttötende Weise, nachdem sie all das getan hatte, ließ sie gleichzeitig an entgegengesetzten Punkten der Erde zwei Ampeln nicht rechtzeitig auf Rot umspringen.

Um das Wehgeschrei hören und sehen, um es auf die ihr eigene distanzierte Weise genießen zu können – unaufhaltsam rollte nun der runde, bunte Ball direkt auf die Straße –, brauchte die Außerirdische keinen Monitor, keinen Lautsprecher und kein sonstiges Equipment zu aktivieren; all das menschliche Krabbeln konnte sie direkt vor ihrem geistigen Auge betrachten und mußte ihre eigentlichen Augen hierzu noch nicht einmal schließen.

Manchmal aber wollte sie die Menschen auch gern retten. Sie machte, daß alles gut war. Sie machte das Fernsehprogramm.

Nichts interessierte sie weniger, als ihren prächtigen Leib, einer großen, monströsen Vulva nicht unähnlich, von einem zum anderen Ort zu bewegen. Das Transportwesen war überholt. Sie reiste per Geist. In die gewünschten kurzweiligen Erlebnisse, deren alleinige, mächtige Lenkerin die Außerirdische war, zappte sie sich schnurstracks mitten hinein und ebenso schnell wieder heraus, wenn es ihr reichte.

Dinosaurier, Quallen, Schnecken und Quastenflosser waren langweilig geworden. Alles war so öde.

Allein *Frauen* war der Außerirdischen Lieblingsspiel, das einzige, bei dem es kribbelte und tropfte. *Frauen und Sex* war ihr Spezialgebiet. Um *Frauenleiber* kümmerte sie sich zur Unterhaltung am liebsten.

Da. Jetzt ließ die Außerirdische wieder einen Rentner stolpern. Nur so. In der Coogee Bay Road, Sydney/Australien, ließ sie eine gigantische Motte sich mit ihrem fetten, fleischigen Körper schmatzend auf ein vor Angst erstarrtes menschliches Gesicht setzen. Und ansaugen. Gern machte die Außerirdische auch Menstruationsbeschwerden, schwere Schicksalsschläge, sexuelle Schwäche, tropfenden Urin und Melodramen.

Bei den Melodramen vergoß sie vor Rührung direkt einige nasse Tränen. Neulich ließ sie einen Alptraum wahr werden: aus einem beliebigen Klo in Herne schoß geschwind ein Rattenschnäuzchen hervor, das aus den Tiefen der Kanalisation gekommen war, und verbiß sich ekstatisch in dem auf der Brille sitzenden Hintern.

Obwohl die Außerirdische gemeinhin keine lang andauernde, personengebundene Zuneigung hegte, spielte sie gern mit Marlene Gotts Leben. An Marlene Gott hatte sie einen Narren gefressen. Sie war ihr erklärter Liebling.

Und heute war sie reif.

Für das menschliche Vorstellungsvermögen unfaßbar dekadent und gelangweilt saß die Außerirdische da. Zäh tropfte von ihrer mächtigen Riesenvulva ein Sekret herab; das war die schleimige Spur einer leisen Vorfreude. Aus unergründlicher Tiefe und dunkler Schwärze, aus dem schwarzen Loch, zwischen den gewaltigen Fleischlappen – so gewaltig, daß sie einen Menschen ohne weiteres hätten erschlagen können –, glibberte der Saft hervor. Die Außerirdische war mäßig entzückt. Sie würde es wieder gut und gründlich machen.

3

Zu Hause stellte Marlene Gott die geschnitzte, sündhaft teure Madonna, die sie schon lange ins Auge gefaßt und heute endlich im Devotionalienladen geschenkt bekommen hatte, auf ihrem geschmackvollen und unkonventionellen Couchtisch ab.

Wie schön sie lackiert war. Marlene Gott betastete sie. Wie schön sie glänzte. Wie glatt sie war. Vollkommen. Keine Kante. Nicht die kleinste Rauheit. Was für eine schöne, schlanke Form sie hatte.

Während sie ihre Finger zärtlich, aber auch mit festem Druck über die Madonna streichen ließ und sich dabei die Frage stellte, ob das Jesuskind die reine Schönheit störte oder nicht, liefen vor ihrem inneren Auge die Erlebnisse mit der fremden Frau, mit Herrn Hirsch und mit Nanette Klosowski ab. Das Zu-ihren-Füßen-Knien, das zuerst zaghafte, dann aber immer heftiger werdende Umschlingen ihrer Waden, verbunden mit Aufschluchzen, Rotz und Wasser, und anschließende Sabbern auf ihre Wildlederschuhe – wie schade, denn sie waren neu und noch nicht imprägniert – der ältlichen, ganz in Braun gekleideten Verkäuferin im Devotionalienladen führte sie eher auf die Anwesenheit heiliger Gegenstände und ihre Benommenheit durch Weihrauch zurück. Aber nichtsdestotrotz: sie grübelte darüber nach, daß ihre ganz unglaubliche erotische Ausstrahlung doch von einem gewissen öffentlichen Interesse sein müßte. Mehr noch – hatte die Öffentlichkeit nicht ein Anrecht darauf zu erfahren, daß es so etwas gab? Daß es *sie* gab?

Schon einmal hatte sie sich deshalb bei einem Fernsehsender erkundigt. Vorsichtig und ohne ihr Geheimnis preiszugeben. Plötzlich unruhig geworden kramte sie die Visitenkarte der Redakteurin, die ihr damals gegeben worden war, aus einer Schublade ihres Sekretärs heraus, betrachtete sie und fackelte nicht lange. Zögern und Zaudern war nicht ihre Sache.

Es war früher Abend, und sie wählte die Nummer neben privat.

„Buhmann?"

Nachdem sie sich vergewissert hatte, mit der richtigen Redakteurin verbunden zu sein, schilderte Marlene Gott den Sachverhalt. DIE GANZ UNGLAUBLICHE EROTISCHE AUSSTRAHLUNG DER MARLENE GOTT! Unspektakulär. In knappen und nüchternen Worten.

Frau Buhmann am anderen Ende zeigte Interesse.

Nach dem Telefonat lehnte Marlene Gott sich zufrieden und ausstrahlend zurück. Atmosphäre sonderte sie ab, ununterbrochen und verschwenderisch. Den Telefonhörer noch in der Hand, blieb ihr Blick an der glänzenden Madonna auf dem Tisch hängen. In Gedanken leckte sie mit ihrer roten, feuchten Zungenspitze über den Madonnenkopf. Frau Buhmann – was für ein lächerlicher Name, dachte Marlene Gott – hatte sogleich eine Verabredung mit ihr getroffen, bereits für morgen; und hatte sie nicht bemerkenswert schnell in den Hörer geatmet, hatte sie nicht geradezu hineingeschnauft? Sich in gewisser Weise ihr hingegeben? In Gedanken umschloß Marlene Gott den Madonnenkopf, der rein und ohne Fehl und Tadel war, nichts Böses und Schmutziges war an ihm, ganz mit ihren Lippen und saugte ihn tief in ihren Mund; er rieb am fleischigen Inneren ihrer Lippen entlang und stieß gegen ihren Gaumen.

Roch es hier nicht? Geschmeidig stand Marlene Gott auf, ging ins Badezimmer und ließ Badewasser ein. Roch es hier nicht irgendwie nach Sex? Nein, unmöglich. Außer, es übertrug sich für die Sinne schon durch heftiges Denken.

In ihrem semantischen Raum lehnte sich die Außerirdische bequem zurück. Sie tropfte.

Die Außerirdische war von ihrem Schleim ganz entzückt. Sie delektierte sich am eigenen Saft. Auch der war ihr Produkt. Sie war eine Schöpferin. Sie hegte und pflegte ihren Schleim und zauberte ihn immer wieder fürs private Glück hervor. Unaufhörlich tropfte er von ihren weichen, roten Lippen in ihre Galaxie. Mit Schmackes.

Nebenbei verschmutzte sie mit links ein großes Erdengewässer und vergiftete einige Brunnen. Angesichts der Heuschreckenplage mußte sie sogar kichern, weil es allerorts so lustig krabbelte, die Heuschrecken gierig alles aufaßen und in die Nasenlöcher der Furchtsamen krochen.

Im eigenen Saft schmoren. Jaaa. Oja. Schnell programmierte sie noch eine Handvoll Sexmonster, die abscheuliche, widernatürliche Neigungen verspürten und diese auslebten. Niemand mochte ihnen dann mehr die Hand geben.

Heiß. Oja. Sehr gut. Marlene Gott erfreute sich am schäumenden Badewasser, das ihre Haut und das darunterliegende Innere allmählich weichkochte und sie schläfrig und nachgiebig machte.

„Ich werde gut zu der Frau mit diesem idiotischen Namen sein", dachte sie. „Ich werde mir Zeit lassen. Ich werde ihr das Gefühl geben, daß es ganz allein ihre eigene, mündige Entscheidung ist. Naja, natürlich nur, wenn sie gut aussieht. Eine nette Stimme hat sie ja."

Das Badewasser schwappte über den Rand.

„Und danach soll sie ein *Special* von mir machen. Mindestens 45 Minuten, Gott-Extra. Wenn 45 Minuten reichen. Es wird so sinnlich sein, daß es durch den elektronischen

Nebel hindurchdringt, daß es aus den 625 Zeilen sickert und empfangen wird, Welle für Welle."

Ja, eine Fernsehsendung über sie war die richtige Entscheidung. Da schwappte alles vor Freude in Marlene Gotts Badewanne! Ein Vorhaben, das sie schon viel früher mit dem nötigen Ernst hätte angehen sollen. Sie legte ihre rechte Hand auf ihre Brust und tauchte ab.

Hildegard Buhmann indessen wählte Marlene Gotts Nummer.

Kühl sagte der Anrufbeantworter: „Marlene Gott ist unerreichbar." Weiter nichts.

Huch!

Hildegard legte auf. Fand sie das etwa originell?

Fünf Minuten später rief sie erneut an. „Marlene Gott ist unerreichbar." Klang es jetzt nicht ganz anders als beim ersten Mal – hämisch? Und war da nicht ein Atemzug, der beim ersten Mal noch fehlte?

„Buhmann!" schimpfte sie. „Rufen Sie mich zurück."

Marlene Gott besaß diese Ausstrahlung nicht immer, sondern nur zeitweilig. Als es ihr zum ersten Mal aufgefallen war, hatte sie es noch erschreckt, so groß und gewaltig erschien es ihr, so machtvoll und abgründig und so wenig steuerbar, doch inzwischen hatte sie sich durch das Auftreten über Jahre hinweg daran gewöhnt. Es war ihr unmöglich, präzise vorherzusagen, wann es wieder *kommen* würde, auch wenn sie seit einigen Jahren glaubte, Tage vorher Veränderungen an ihrem Körper wahrzunehmen. Dachte sie verstärkt über ungewöhnliche sexuelle Spielarten nach? Waren ihre Brüste noch größer und voller? Hatte ihre Haut diese besonders glatte Beschaffenheit? Sie zog den Stöpsel aus der Badewanne. War ja auch egal.

Direkt nach dem Abhören des Anrufbeantworters – Hildegard Buhmann konnte richtig böse sein! – rief sie zurück.

„Ich hatte es vorhin ganz vergessen", sagte Hildegard hastig, „mein Büro wird gerade renoviert. Das würde uns doch sehr bei der Arbeit stören. Wie konnte ich das nur vergessen? Naja, ich hab im Moment so viel im Kopf. Es wäre ungünstig, wenn Sie morgen zum Sender kämen. Die Anstreicher laufen dauernd hin und her. Es stinkt so nach

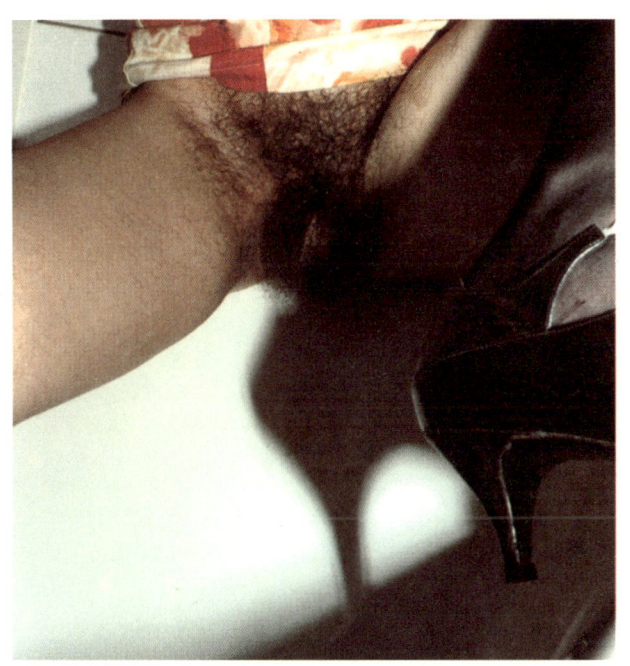

Farbe. Das ist ja auch ungesund."

„Was schlagen Sie dann vor?" fragte Marlene, um Hildegard von ihrer Qual zu erlösen.

„Nun, am besten, Sie kommen zu mir nach Hause."

4

Hildegard stand vor ihrem Kleiderschrank und ging der Frage nach: *Welche Unterhose?*

Wer war Marlene Gott? Allein schon dieser Name! Protzende Frauen hatte sie noch nie leiden können.

Sie entschied sich im Geist für eine der schönsten, die sie besaß: anschmiegsame Seide, sanft würde sie fallen, wie eine Berührung durch zarte Hand, hach, z. B. die eigene, was konnte zarter sein, sie stellte sich das Gefühl bereits an ihrem Körper vor, als sie bei der Suche im Kleiderschrank das Fehlen bemerkte. Die schönste Unterhose war nicht da. Henriette hatte sie. Immer, wenn ihre Lebensgefährtin sich bei ihr umzog oder duschte, gingen, wenn sie die Wohnung wieder verließ, auch Hildegards schönste Unterhosen mit.

Darüber, daß Henriette zwanghaft Unterhosen stahl, geriet Hildegard ins Schmunzeln und zog ein kurzes, schwarzes Kleid an, ärmellos, das ihr bereits heute nachmittag vorgeschwebt war. Es würde den Blick auf ihre appetitlichen Oberarme, die viel zu oft im Verborgenen blieben, zulassen. Muskulös, aber nicht zu sehr. Fleisch, aber nicht zu üppig.

Sie sah auf die Uhr und resümierte anhand ihrer Notizen schnell die Informationen, die ihr gestern am Telefon gegeben wurden. Frau Gott behauptete also, zeitweilig eine so magnetische und kosmische Ausstrahlung zu haben, daß jedes Wesen ihr aufseufzend und hilflos verfiel. Ihre *Aura* sei eindeutig sexueller Natur, das hatte sie mehrmals betont, und sie könne sich dies alles auch nicht erklären.

Frauen, die sich etwas einbildeten, hatte sie noch nie leiden können. Hildegard Buhmann entging nicht der kleinste Reiz einer Frau, und deshalb würde sie der beste Prüfstein sein. All diese krankhaft Zeigefreudigen, die es an die Öffentlichkeit drängte, jede Möglichkeit nahmen sie wahr

– Hauptsache, einmal im Fernsehen gewesen.

Noch eine halbe Stunde. Hildegard sah gut aus, das spürte sie. Aber nicht gut genug. Was war falsch? War es, daß sie schon jetzt, so schnell nach der Dusche, unter den Armen zu transpirieren begonnen hatte? War es, weil die schönste Unterhose fehlte? Nacheinander hörte sie die Lieder *Rub 'til it bleeds, Lambitus* und *Lick it,* um sich auf das Thema einzustimmen. Sie gab Laute von sich. Heute sang und ging sie richtig mit. Gewöhnlich waren ihr solche Lieder eher peinlich, besonders, wenn in ihnen gestöhnt wurde und sie sie in Gesellschaft hörte.

„Ich wollte nicht mit leeren Händen kommen.“ Mit gespielter Schüchternheit, auch ein wenig süß, etwas, das Frauen zu vollendeter Perfektion bringen können, überreichte Marlene Gott Hildegard ein Geschenk.

„Danke, das war doch nicht nötig!“ sagte Hildegard und nahm den in geblümtes Geschenkpapier eingewickelten langen, schlanken Gegenstand entgegen.

„Eine Flasche“, dachte sie, „wie nett. Bestimmt eine teure. Immerhin, sie hat Niveau.“

Ihr fiel auf, daß nichts in dem Geschenk gluckerte. Ohne jedoch weiter darüber nachzudenken, brachte sie es in die Küche und stellte es dort auf den Tisch.

Marlene Gott war ihr in die Küche gefolgt. So ungeheuer scharf wirkte sie in der weiten, hellen Seidenbluse, die über die Hüften fiel, der dunkelroten Weste und der schmalen, beigen Hose ja nun auch nicht, fand Hildegard. Und auf diese Frau flogen alle? Die Hüften schätzte Hildegard eher etwas runder ein.

„Ach bitte, packen Sie es doch aus“, sagte Marlene Gott harmlos.

„Tz tz, wie ungeduldig“, dachte Hildegard.

„Wollen Sie es denn sofort trinken?“ fragte sie und zuppelte ganz ohne Neugierde am Papier. Das Blumenmuster wirkte wie von Georgia O'Keeffe gemalt. Zur Strafe wurde Hildegard jetzt sogar leicht gelangweilt.

Wenn es Sherry ist, dann ist sie sowieso unten durch.

„Nicht sofort, aber recht bald.“ Marlene Gott lächelte. So unschuldig. Wie ein liebes Häschen.

Zielstrebig steuerte Marlene Gott Hildegards

blaues Sofa an und setzte sich. Ihre schwarze Handtasche stellte sie auf dem Boden neben dem Sofa ab. Sie drückte sich an den Rand und schlug die Beine übereinander.

„Aha. Sie ist kuschelig und braucht viel Geborgenheit", dachte Hildegard und betrachtete Marlene Gotts Schuhwerk, denn sie vergab Noten. Für die Schuhe: naja, nicht schlecht. Wildleder. Mit einem häßlichen Fleck. Das gab Abzüge. Sah aus wie draufgespuckt.

Sie holte einen Stuhl und stellte ihn vor das Sofa. Abrücken. „Nicht, daß Sie mich falsch verstehen", sagte Hildegard, „aber es handelt sich hierbei ja um ein Arbeitsgespräch. Und meine Notizen benötige ich auch noch."

Hildegard verließ den Raum in der Hoffnung, daß Marlene Gott rechtschaffen aufgeregt sein würde. Viel Zeit ließ sie verstreichen. Extra lange. Mit der Genugtuung, daß Marlene Gott zappeln würde wie ein Käferchen auf dem Rücken. „Vielleicht sollte ich doch lieber den Laptop nehmen?" fragte sie sich. „Sieht gleich distanzierter aus."

Dann doch nur mit einem Block in der Hand, *bloß nicht übertreiben, das schreckt ab,* kehrte sie zurück und setzte sich.

Um etliche Zentimeter höher als ihr Gast saß sie nun da. Und sie sah, daß es gut war. Die Rollen waren gleich zu Beginn richtig verteilt.

„Erzählen Sie doch noch einmal von vorn", bat Hildegard, „erzählen Sie von sich. Mir können Sie alles sagen." Die eingepackte Flasche in der Küche, *Sherry cream,* war nun ganz vergessen, gottseidank, nur keine plumpen Vertraulichkeiten. „Und wenn Ihre Geschichte wirklich interessant genug ist", fügte sie gönnerhaft hinzu, „dann wollen wir sehen, ob wir etwas daraus machen können."

„Alle begehren mich", sagte Marlene Gott schlicht.

Wie unschuldig und naiv sie das aussprach!

„So so. Alle begehren Sie."

„Mm-mh."

„Wer sind denn *alle?*" fragte Hildegard. „Männer *und* Frauen?"

Diese Reihenfolge der Geschlechter hatte sie mit Absicht gewählt. Möglicherweise würden Frauen sie ja entsetzen.

Höchstwahrscheinlich würden Frauen sie entsetzen. Schokkieren. Hildegard malte auf ihren karierten Schreibblock: *Alle begehren mich.*

„Auch Tiere", sagte Marlene Gott.

Hildegard straffte sich. Sie legte ihren Schreibblock auf die Knie und saß mit geradem, durchgedrücktem Rücken da. *Mein Kleid ist eng und meine Taille schlank.*

In ruhigen, nüchternen Worten schilderte Marlene Gott, die in Hildegards blauer Sofaecke sandfarben und weich dahinfloß, mit einem dunkelroten Spritzer, einem roten Fleck in Form der Weste, die letzten Vorfälle dieser Art und gab darüber Auskunft, wie häufig es im Durchschnitt geschah. Und daß es stets heftig geschah. Zwischendurch nahm sie immer wieder ihre Handtasche hoch und sah hinein, so als wollte sie sich vergewissern, auch nichts vergessen zu haben und legte sie danach auf den Boden zurück. Wie es Hildegard schien, war sie von ihrer Aura so überzeugt, so aufrichtig, so ohne jeden Zweifel, daß sie keine Übertreibung nötig hatte; sie schilderte das Unglaubliche wie den Hergang eines langweiligen Films, ohne eine einzige Ausschmückung, ohne Wertung und ohne Änderung der Tonlage, schlicht und sachlich.

Inzwischen hatte Hildegard es noch dreimal auf ihrem Notizblock hinzugefügt, säuberlich untereinandergeschrieben stand es da, akkurat wie eine Strafarbeit.

Alle begehren mich.
Alle begehren mich.
Alle begehren mich.

„Meistens fangen sie dann alle an", Marlene Gott stockte, „sich zu", lieb sah sie aus, „selbst." Marlene Gott fehlten die Worte.

„Befriedigen?" fragte Hildegard.

„Ja. Manche schwitzen und zittern aber auch nur. Mir ist es unheimlich, aber ich habe mich daran gewöhnt."

Ach, wenn ich so begehrt wär.

Hildegard begann, sich ein wenig vor dieser Frau, die groß und weich und beige auf ihrem Sofa hockte, zu gruseln; zweifelsohne hatte sie nicht mehr alle Tassen im Schrank. Und Hildegard hatte sie einfach gutgläubig in ihre Wohnung gelassen.

Aber so, wie Marlene Gott jetzt schaute, so unschuldig und freundlich, so wie sie jetzt aussah, so *nett,* mußte sie eine harmlose Irre sein, eine, die niemandem wehtat. Und schließlich, genau darum ging es doch in ihrem Magazin. Warum mißfiel es Hildegard, *so eine* in ihrer Wohnung sitzen zu haben? War es ihr zu nah? Bestand die Möglichkeit, daß sie ihr auf die Pelle rücken würde? Nun galt es, berufliche Opfer zu bringen! Hildegard konnte gar nichts dagegen machen und bekam eine kleine Angst.

5

Der ekstatische Song *Lambitus,* den die Außerirdische kürzlich einer Frauenrockband untergeschoben hatte, versetzte sie noch immer in eine leichte und heitere Stimmung: Lecken, ausschlecken, schlabbern, schmatzen, triefen, naß.

Sie tat am liebsten ohnehin ausschließlich solche vergnüglichen Dinge, aber für eine Außerirdische wie sie gab es der vergnüglichen Dinge leider nur wenige. Die Existenz als außerirdische, rote Riesenvulva mit schrankenlosen Machtbefugnissen über die Planeten entbehrte viel zu oft der Kurzweil. Seit sie auch noch ihr PC-Instrumentarium einschließlich der Joylabia abgeschafft hatte, weil es zu primitiv geworden und darüber hinaus nach der Benutzung immer so eingeschleimt war und sie demzufolge auch nicht mehr länger der einer Außerirdischen eigentlich unwürdigen Tätigkeit des Putzens nachgehen mußte, war eine gewisse Leere in ihr kosmisches Dasein getreten.

Seit sie all ihre Geschäfte nur noch mithilfe ihres Geistes tätigte – ein winziges Rühren einer ihrer Extremitäten genügte, und fertig –, seit sie fünf und mehr Dimensionen ausschließlich durch ihr Hirn, das für das menschliche Vorstellungsvermögen ein recht unübliches Aussehen besaß, beherrschte, pfuschte sie am liebsten in persönlichen Schicksalen herum.

O Fortuna! Gern wühlte sie tief darin. Sie war eine Herrscherin. Gern stieß sie ganz weit vor. Vieles, worüber manche Frauen und auch andere Menschen sich wunderten, vor allem im sexuellen Bereich, ging auf das Konto der Außerirdischen.

„Alle sind besiegbar, auch eine Marlene Gott", dachte Hildegard.

Vertauschte Rollen. Nun saß Hildegard selbst auf ihrem Sofa und quetschte sich in die äußerste Ecke.

Marlene Gott saß auf dem Stuhl vor ihr, hielt einen Stift in der Hand und sah auf Hildegard herab. Der karierte Schreibblock ruhte, wie auf seinen Einsatz wartend, auf Marlene Gotts Oberschenkeln, die in engen, beigen Hosen steckten.

Hildegards Beine steckten in einer blickdichten orangefarbenen Strumpfhose.

Sie fragte sich, ob es die richtige Entscheidung war, sie anzuziehen. Vielleicht ein bißchen knallig. Aber als sie sie im Laden gesehen hatte, mußte sie sofort an die orangefarbenen Wollstrümpfe der Virginia Woolf denken, die dieser allerdings als geschmacklicher Fehltritt ausgelegt worden waren. Wie immer auch – mit ihrer orangefarbenen Strumpfhose fühlte Hildegard sich ihr immer sehr nah.

Und Marlene sprach: „Wir spielen jetzt Wahrheit oder Pflicht."

Sicher flösse sie auf dem blauen Sofa nicht so dahin wie Marlene Gott, dachte Hildegard. In ihrem schwarzen, engen Kleid. Hildegard hatte eine kleine Angst, das gestand sie sich ein. Aber Hildegard bezwang sie.

Wahrheit oder Pflicht? Kreisch!

„Nun? Wofür haben Sie sich entschieden? Übrigens, Ihre Strumpfhose hat eine frische Farbe."

„Pflicht!" preßte Hildegard heraus.

Die wilde Hilde. Auf einmal gar nicht mehr so wild. Als erste Aufgabe der Sparte „Pflicht" wurde ihr aufgetragen, in die Küche zu gehen und das mitgebrachte Geschenk zu holen. Hildegard tat es.

„Auspacken."

Mit zittrigen Fingern löste Hildegard die Klebestreifen, auweh, eine Blüte des Geschenkpapiers zerfetzt, so ungeschickt aber auch, und hielt die Madonna in der Hand.

„Oh", sagte sie und strich ein wenig unschlüssig über die makellose Oberfläche. „Ich bin ja eigentlich eher nicht religiös." Sicher war das ein Fauxpas. „Aber sie ist sehr dekorativ", schob sie schnell hinterher, „und man kann sie bestimmt gut ins Regal stellen und anschauen."

Genaugenommen wußte sie mit dieser Madonna nicht das geringste anzufangen. Dann erinnerte sie sich daran, daß sie soeben mit Marlene Gott Wahrheit oder Pflicht zu spielen im Begriff war. Wie gingen noch die Spielregeln? Eigentlich war sie jetzt dran.

„Bin ich jetzt dran?"

„Wir spielen es heute mal anders", sagte Marlene Gott und begann, etwas auf dem Schreibblock zu notieren. „Ich bin so lange dran, wie ich möchte." Sie sah vom Block auf und zu Hildegard. „Bleiben Sie bei Pflicht?"

Hildegard hielt noch immer die Madonna in den Händen. Was schrieb diese Frau da nur auf? Und warum sah sie schon wieder in ihre Handtasche und lächelte dabei?

„Könnten wir nicht lieber einfach ein wenig plaudern?" schlug Hildegard vor.

„Sie haben sich also zur Wahrheit entschlossen."

Die Madonna. Auf Blumen gebettet. Voller Milde schaute ihr gütiges Gesicht zu Hildegard.

Hildegard schaute auf Marlene Gotts Dekolleté.

Zwei Knöpfe ihrer Seidenbluse – eine Nuance heller als ihre Haare – waren geöffnet.

Nachdem Hildegard einige Fragen zu ihren bevorzugten Sexualpraktiken über sich ergehen lassen und ein kurzes Besinnungsreferat zum Themenkomplex „Gibt es für Hildegard B. Sex ohne Gefühl" gehalten hatte, wobei sie zwischendurch immer, schlapp rebellierend, dachte: *Müßte ICH das alles nicht SIE fragen? Wo bin ich hier eigentlich? Müßte es nicht umgekehrt sein? Ich oben, sie unten?*, rang sie sich zu einem „Möchten Sie vielleicht ein Glas Sherry?" durch. Sie stand auf, ohne die Antwort abzuwarten.

Gern, ausgesprochen gern hatte sie alles beantwortet, gern und wahrheitsgetreu; das Spiel hieß schließlich Wahrheit oder Pflicht. Es hatte etwas Freiwilliges und gar nichts Erzwungenes, und wann wurde sie so etwas Spannendes schon gefragt? Marlene Gott hatte so helle Augen. Marlene Gotts mittelblonde Haare fielen in einem so weichen Schwung auf ihre Schultern, und diese Schultern stellte Hildegard sich nackt vor: perfekt gerundet. Marlene Gott war wundervoll. Marlene Gott war atemberaubend. Warum hatte sie das nicht sofort gesehen?

In der Küche trieb es Hildegard zu der Sherrysorte *extra dry*. Das letzte Aufbegehren gegen Frau Gott. *Sie lassen mich einfach trocken.* Obwohl es dafür doch schon viel zu spät war: Aufbegehren. Sie war verloren. Und sie war naß, unleugbar naß, das spürte sie. Ein Ziehen, vergleichbar mit einem gedehnten, vibrierenden Zischlaut, fuhr heftig durch ihren Magen und ihr Geschlecht. In sich ausbreitenden, warmen Wellen.

Ein wenig unmotiviert erschien es Hildegard schon, daß sie so plötzlich derartig heftiges Verlangen überfiel. Erklären konnte sie es sich auch nicht. Es mußte an Marlene Gott liegen. Schließlich war sie kein unberechenbares Sexmonster.

Hildegard mußte sich an ihre Küchenzeile lehnen, so schwindelig wurde ihr. Das Bild der Marlene Gott, die auf dem Stuhl vor ihr saß und Fragen stellte und schrieb, ging ihr nicht aus dem Kopf. Wie sie sie manchmal dabei ansah und wie Hildegard mit ihrem eigenen Blick zu vermitteln versuchte: *Ich fließe zu Ihnen hin.* Und ebenso das Bild der Marlene Gott zuvor auf dem Sofa: weiche, runde Linien. Hell, blond, beige, die ganze Marlene Gott war hell, bis auf die rote Weste, durch die sich bei manchen Bewegungen die Rundung der Brüste abzeichnete.

Aufstöhnend mußte Hildegard sich mit den Händen auf ihrer Küchenzeile abstützen, so schwach wurde sie. Hildegard wollte auf ihr sitzen, phantasierte sie maßlos und gierig, auf diesem hellen, weichen Körper wollte sie hocken und ihre Scham an der Marlene Gotts reiben; ihre Hände wollte sie auf diese Brüste legen, auf Marlene Gott hinunterblicken und ihr befehlen, eine lange, lange Zeit gar nichts zu tun. In dieser Zeit würde Hildegard sich ausgiebig und gründlich um sie kümmern. Sie würde ihr nahezu qualvolle Lust bereiten.

Soviel zur Pflicht.

„Oh, ich habe den Sherry vergessen", sagte Hildegard und plumpste aufs Sofa. Um unbemerkt das verrutschte Kleid zu richten, hob sie leicht ihren Hintern an.

„Wir waren bei der Pflicht, nicht wahr?" erkundigte sich Marlene Gott.

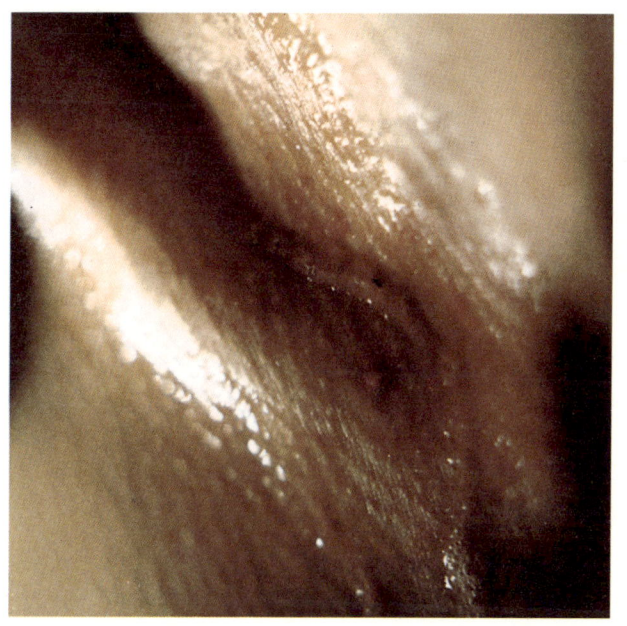

Hildegard setzte sich aufrecht hin, um in Frau Gotts Ausschnitt spähen zu können, aber aus diesem Blickwinkel war außer dem dünnen Träger eines Unterhemds nichts zu erkennen. Die Schlüsselbeine lagen unter einer ordentlichen Schicht Fleisch, bedeckt von dieser hellen Haut, über die Hildegard gerne ihre benetzten Lippen hätte streichen lassen. Und weg vom Dekolleté, bei dessen Anblick sie einen betörenden Geruch wahrnahm, ohne ihn zu riechen, weg davon sah Hildegard hoch und direkt in Marlene Gotts Augen. Sie gab sich Mühe. Das zog doch immer. Sie gab sich solche Mühe. Das zog doch immer! *Fließen Sie zu mir hin!* Tief hinein mit ihren eigenen dunklen Augen. Aber etwas kleines Scheußliches hielt sie davon ab, diesen Blick lange genug walten zu lassen. Es reichte nicht einmal, um Marlene Gotts genaue Augenfarbe auszumachen.

Marlene Gott stand auf, legte Block und Stift auf den Stuhl und zog ihre Hose an den Knien straff. Sie schob die Madonna samt Geschenkpapier zur Seite und setzte sich neben Hildegard aufs Sofa.

„Ein anfangs zarter, dann allmählich in Leidenschaft übergehender Kuß", lautete die nächste Pflichtübung. „Können Sie das?"

Und es geht DOCH!

6

Die Außerirdische war heute sehr romantisch gestimmt.

Plötzlich fühlte sie soviel weibliche Zärtlichkeit in sich, die sie aussenden und unbedingt loswerden mußte.

Lag es an den fünf orangefarbenen Monden, die heute besonders sanft glommen? Oder daran, daß ihre Verdauung einwandfrei funktionierte?

Am Anfang ist es immer aufregend.

Ein wenig täppisch umschlang Hildegard Marlene Gotts Oberkörper mit ihren Armen. Prompt verfehlte sie beim Kußversuch den angesteuerten Mund und landete mit ihrem haarscharf daneben. Den Mundwinkel nahm sie noch mit.

Somit wurde es in die Hände Marlene Gotts gelegt. Sanft, aber nachdrücklich zog sie Hildegards Kopf an den Haaren nach hinten, strich mit der anderen Hand über Hildegards freiliegende Kehle, über ihr Kinn und blickte in ihre Augen. Helle Augen, stellte Hildegard fest. Grau. Aber das konnte sie nur vermuten, denn als sich dieses fremde Gesicht immer weiter dem ihren näherte, schloß sie ihre eigenen schnell. Flüchtig wie ein Atemhauch streiften Marlene Gotts Lippen ihren Mund.

Marlene Gott berührte Hildegards Wangen, Mund, Schläfen und Stirn. Sie nahm von Hildegards Gesicht Besitz. Mit der anderen Hand zog sie so fest an ihren Haaren, daß Hildegard den Kopf nicht bewegen konnte. So fest, daß es wehtat. Sie hielt sie von sich fern, und Hildegard war darauf angewiesen zu warten – eine grausame Art, ein leidvolles Warten. Darauf, geküßt zu werden.

So geschah es. Marlene Gotts Lippen drückten sich auf ihre, geöffnet und fordernd. Ihre Zunge stieß an Hildegards Zähne und drang kühn weiter vor.

Gerade als Hildegard ihre eigene Zunge mobilmachen wollte, entzog sich Marlene Gott.

Mit einem schnappenden Maul saß Hildegard da und wagte angesichts dessen nicht, die Augen zu öffnen. Es verlangte sie danach, den begonnenen Kuß zu vollenden. Es drängte sie zu Marlene Gotts Zunge, zu dem weichen Inneren ihres Mundes.

Munter schnappte sie deshalb weiter in die Richtung dieses Mundes – ins Leere –, in der Hoffnung auf Erbarmen und tiefe, nasse Vollendung.

Marlene Gott ließ Hildegards Haare los und nahm ihre Hand. Sie küßte zuerst die Handfläche, leckte darüber, saugte an einem Finger, half nach, weil die Besitzerin des Fingers nicht verstand und schob ihn in ihren Mund.

Die Zunge. Hildegard stöhnte leise, während sie ihren Finger verschwinden und eintauchen sah. Die Mundhöhle. Die weiche, schlüpfrige Verheißung.

Es fühlte sich so *rot* an!

Unvermittelt stand Marlene Gott auf und blickte zu der leicht verwirrten Hildegard.

„Ist etwas nicht richtig?"

„Bleib sitzen. Sei ganz ruhig."

Frau Gott kniete vor Hildegard nieder.

„Du oben, ich unten. Sei unbesorgt. Fürchte dich nicht."
Hildegard sah den bevorstehenden Verlust ihrer orange-
farbenen Strumpfhose voraus. Einen würdelosen Anblick
würde sie bieten, mit hochgeschobenem Kleid und herun-
tergelassener Strumpfhose. Und wenn doch nicht?
Und wenn nun doch? Sie sprang auf.
„Augenblick, ich bin gleich wieder da!"
    Ihrer Strumpfhose nunmehr entledigt, seufzte
Hildegard bei der Rückkehr: „Puh, war mir warm. Das war
ja nicht mehr auszuhalten." Ganz echt. Sie setzte sich aufs
Sofa.
Die kniende Marlene Gott schob Hildegards Kleid ein
kleines Stück nach oben. Vergeblich, es war einfach zu
eng. „Du mußt schon ein bißchen mithelfen", sagte sie.
„Deinen Hintern mußt du jetzt schon ein bißchen anhe-
ben." Sie biß in ihr Knie, das vor Schreck wegzuckte. „Es
stört dich doch nicht, wenn ich *du* sage?"
Und Hildegard tat es.
„Warum tue ich das?" fragte sie sich, hob wie befohlen
ihren Hintern und zog das Kleid so hoch es ging. „Wir
kennen uns doch noch gar nicht so gut."
Marlene Gott kam zwischen Hildegards Beine und fuhr
mit der Zunge an der Innenseite ihres Oberschenkels entlang. Das nächste Hindernis war die Unterhose. Genauer
gesagt: Hildegards zweitschönste Unterhose.
Hildegard versuchte, in Marlene Gotts Blick zu forschen,
und die Entschlossenheit, die sie darin sah, war ihr Aufforderung genug. Ohne erneute Anweisung zog sie das Hindernis von ganz alleine herunter; ein langwieriges und
mühsames Unterfangen, bis sie es endlich über die Füße
gestreift hatte. Die betont lässige Wegwerfbewegung
mißlang, und Hildegards Zweitschönste landete auf dem
Gesicht der Madonna.
„Habe ich dir das erlaubt?" scherzte Marlene Gott.
Hildegard bekam einen Schreck; einen kurzen Moment
lang fürchtete sie, nicht nur etwas Unerlaubtes, sondern
zudem etwas Unerwünschtes getan zu haben, und sie
wollte sich doch nicht einer fremden Frau *aufdrängen!*
Aber dann entdeckte sie auf dem Gesicht zwischen ihren
Beinen ein Lächeln.

Marlene Gott umfaßte Hildegards Taille mit beiden
Armen und legte den Kopf an ihre Brüste; aber was Hildegard anfangs wie die Umarmung einer Liebenden erschien,
entpuppte sich als Strategie, ihr Becken weiter nach vorne
zu ziehen.

Sie lag nun mehr, als daß sie saß. Ihr Geschlecht war direkt vor Marlene Gotts Gesicht, und sie konnte den Atem
spüren.

Hildegards Herz klopfte wild. Alles ging viel schneller,
als sie geglaubt hatte, und auf einmal war es wahr. Sie
hatte gar keine Zeit gehabt, über die neue Eroberung
nachzudenken. Sie war so aufgeregt, daß sie sich nicht
rühren konnte. Gleich müßte sie plappern, eine dumme
Angewohnheit, die dem Irrglauben entsprang, ihre Aufre-
gung würde dann nicht bemerkt werden.

„Die orangefarbene Strumpfhose erinnert mich immer so
an Virginia Woolf."

Das hatte sie unbedingt loswerden müssen. Obwohl dies
der denkbar ungünstigste Moment dafür war, denn Marlene Gotts Zunge war im Begriff, sie zu erleuchten.

7

Marlene Gott dachte an gewaltigen, kosmischen Sex.

Sie war soeben dabei, welchen zu machen. Sie teilte das
Fleisch mit der Zunge.

Every night I tell myself: I am the cosmos.

Gut fühlte sie sich, dort unten auf den Knien, und es war
genau das, was sie wollte. Geradezu ein harter Brocken
war Frau Buhmann zu nennen, weil sie nicht so unverzüg-
lich wie alle anderen Wesen unter der Sonne auf ihre *Aura*
reagiert hatte, weil sie nicht sofort dahingeschmolzen war,
aber je stärker anfangs Widerstand geleistet wurde, desto
reizvoller war es für sie selbst.

Und das Fleisch, dieses nachgiebige und doch feste
Fleisch unter ihrer Zunge war ausgesprochen reizvoll.

Sie leckte nicht über die Klitoris direkt, sondern
immer nur über ihre Umgebung, denn außer, daß sie
natürlich um die Empfindlichkeit wußte, wurde sie von ihr
als Leckerbissen aufgehoben. So wie sie die von ihr bevor-

zugten orangefarbenen Gummibärchen immer lange in der Tüte zurückhielt, um sich dann noch mehr darauf freuen zu können.

Allerdings stellte sie beim Lecken fest, daß sie in diesem Fall nicht von einer ausdrücklichen Vorliebe, die andere weiche Stellen als weniger anziehend ausgewiesen hätte, sprechen konnte. Es schmeckte alles gut. Hildegard Buhmann schmeckte dort so gut, daß sie stundenlang damit fortfahren wollte, darüber Raum und Zeit vergessend. Sie saugte an den Lippen. Sie drang mit ihrer Zunge ein.

„Ogott", sagte Hildegard Buhmann über ihr auf dem Sofa, und ihr Körper erschauerte.

Da geschah etwas, womit Marlene Gott nicht gerechnet hätte: das Erschauern dieses Körpers rührte sie. Tief innen im Herzen. Weiter unten. Dahingeschmolzen lag der Körper da, mit geöffneten Beinen, und war ihr ausgeliefert. Die Frage „Gibt es für Marlene G. Sex ohne Gefühl?" tauchte aus entlegenen Bereichen ihres Geistes an die Oberfläche empor.

Marlene Gott zog ihren Mund zurück. Einen Augenblick lang betrachtete sie das mit Nässe überzogene Geschlecht, die Nässe der Erregung und die ihres Speichels, dann legte sie einen Arm unter Hildegards Becken. Sie hob es an. Sie wollte alles zugleich sein: zärtlich und grob, sanft und hemmungslos, eine wundervolle Liebhaberin. Sie wollte Hildegard nehmen, auf jede nur erdenkliche Art.

Sie wollte Hildegard jetzt nehmen. Sie hatte das Fernsehmagazin glatt vergessen. Sie hatte den Grund vergessen, der sie hierhergeführt hatte. Sie hatte vergessen zu fragen, wo eigentlich die Toilette war. Sogar ihre einzigartige Ausstrahlung war nicht mehr in ihrem Kopf präsent; in diesem Moment zählte nichts als dieser Körper, der sich ihr hingab und an sie herandrängte, nichts anderes, als diesem Körper Lust zu bereiten.

So sehr vergessen hatte sie alles, daß sie daran zweifelte, ob sie es ihr gut machen würde. Ihre Zweifel machten ihrem Namen keine Ehre, aber in ihnen zeigte sich ein Gefühl. Kniend blickte sie noch immer auf das Geschlecht, mit diesem Gefühl, und strich ganz leicht über die Lippen, die unter der zarten Berührung ihrer Fingerspitzen, beinahe nur ein Hauch, nur die Andeutung einer Berührung, zusehends anschwollen und von einem schimmernden, dunklen Rot waren. Das Rot bohrte sich tief in ihr Hirn, irgendwo dort wurde es unter der Rubrik *Hildegard B. intim* gespeichert. Ich will dich. Ich will dich so sehr. Würde es für eine lange Zeit gespeichert werden?

Plötzlich waren Hildegards Hände an Marlenes Kopf. Schüchtern, aber unmißverständlich zog sie ihn näher zu sich heran. Hildegard verfing sich in Marlenes Haaren und tat ihr ein bißchen weh.

Hildegard sagte: „Bitte hör nicht auf."

Das Rot war untrennbar mit dem Geruch und dem Geschmack verknüpft. Das Geheimnis der Synästhesie. Selbst wenn Marlenes Mund und Nase nicht so dicht davor wären wie in diesem Augenblick, so nah, daß ihre Zunge sie hätte mühelos erreichen und lecken können, selbst dann würde sie stets Geruch und Geschmack hinzuimaginieren. Dieses Rot war nicht nur eine Sache der Optik.

Marlene gab der unmißverständlichen Aufforderung, die in Hildegards Händen lag, nach und versenkte ihren Mund in das Rot. In einen Abgrund aus Fleisch. Geheimnisvoll und wohlschmeckend. In manche Abgründe steigen wir aus freien Stücken hinab, gierig und gern. Fleisch, das ihren Mund und ihr Kinn mit seinem eigentümlichen Saft benetzte. Fleisch, das sie mit ihren Lippen verformen, liebkosen, an dem sie vorsichtig knabbern konnte, sie konnte darüberlecken oder drängend zwischen die Lippen fahren, mit der Zunge die Öffnung erforschen – um von all diesen Variationen diejenige zu finden, die Hildegard Laute, tief aus der Kehle kommend, entlockte. Sie fand sie schnell.

Hildegard formte die Laute zu schwer geatmeten Worten: „Woher weißt du."

Es klang wie Erflehen.

Durch Hildegards angespannte Muskeln zuckte ein Beben.

Woher weißt du?

Marlene ließ sich die nachbebende Hildegard, deren Schenkel um ihren Kopf geschlossen waren, auf der Zunge zergehen.

„Ich sehe alles", sagte sie zärtlich.

„Wie meinst du das – du siehst alles?" Hildegard schmiegte sich in die Arme Marlene Gotts, die jetzt auf dem Sofa saß.

„Ich weiß, was Frauen wünschen", kicherte Marlene und strich über Hildegards entblößten Oberarm, von dessen zarter Haut sie ganz hingerissen war. Sie betastete eine sich leicht hervorwölbende Ader, die sichtbar von der Höhe der Achselhöhle bis zur Beuge des Ellbogens verlief. Einer Eingebung folgend senkte sie ihren Kopf und brachte ihre Nase in die Nähe von Hildegards Achselhöhle: ein parfümiertes Deodorant, sonst nichts. Das hatte sie vermutet. Wie schade. Soweit es ging, umschloß sie den Arm mit ihrer Hand und drückte zu, sie konnte den Muskel deutlich unter der Haut fühlen.

Hildegard rutschte noch näher heran und brachte ihr Gesicht zu Marlenes Hals; leise seufzend schnupperte sie und berührte die Haut dort mit den Lippen, wo der Puls schlug.

„Aha. Sie ist kuschelig", dachte Marlene.

Der Atem an ihrem Hals, die leicht geöffneten Lippen erregten sie außerordentlich, was sie sich nicht eingestehen wollte. Sie war doch Marlene Gott!

Marlene wünschte sich, Hildegard würde auch noch ihre Zunge zu Hilfe nehmen und lecken, über ihre Haut lecken, sie ablecken, überall; und plötzlich ersehnte sie ihrer beider Nacktheit und Hildegards Hände auf ihr und in ihr. Bereits Hildegards Erregung hatte sie auf Touren gebracht. Ganz in ihren Händen wollte sie sein, so entblößt wie Hildegards Arme, nein, noch entblößter, so entblößt wie das darunterliegende Fleisch. Offen. Frei für Verwundung.

Von diesen Gelüsten ließ sie sich nichts anmerken. Aber es war eine große Versuchung. *Laß es zu!* rief es in ihr. Sie fühlte Hildegards Atem an ihrem Hals, und sie wünschte ihn sich in ihrem Ohr, scharf und keuchend wie ein Eindringen, mit der einzigen Forderung: ich will dich.

Sie strich über Hildegards dunkle Haare und küßte ihren Kopf. Bestimmt wirkte das sehr mütterlich-zärtlich und ließ nicht erraten, was wirklich in ihr brodelte. Plötzlich ersehnte Marlene Gott den Schweiß, der beide Körper aneinanderband. Den Schweiß an ihrem Rücken, zwischen den Brüsten und in der Falte unter der Brust. Marlene atmete schneller bei dieser Vorstellung und erschrak. Der Schweiß war immer eine Begleiterscheinung gewesen, eine angenehme zwar, aber nun sehnte sie ihn in Strömen herbei. Unanständige Geräusche, die ihre aneinandergepreßten Körper hervorrufen würden.

Hildegards Kopf war noch immer ruhig an ihren Hals gebettet. Ihr Haar roch gut. Ein bißchen nach Shampoo und ein bißchen nach etwas lebendig Organischem. Marlene nahm mit den Lippen eine Strähne in den Mund. Etwas lag ihr auf der Zunge.

Der schwierigste Teil: Marlene ersehnte ihre eigene Hingabe.

Sie wollte in Hildegards Händen sein, in ihrer Macht. Sie wollte alles geschehen lassen. Sonst ging es ihr immer um die der anderen, aber nun wollte sie sehenden Auges, jedoch ohne zu denken, ohne einen einzigen klaren Gedanken zu fassen, in ihre eigene Auslieferung hinabstürzen. Schmerzhaft wünschte Marlene das, wovor sie sich insgeheim am meisten fürchtete. Sie wollte sich weggeben. Sie wollte, daß Hildegard sie ganz hatte. Auch ein bißchen grausam sollte sie sein. Ihr wehtun.

Auf Marlenes Zunge lag die Aufforderung: *Tu mit mir, was du willst.*

„Sollen wir uns ausziehen?" fragte sie.

8

Hatte die Außerirdische zu spielen aufgehört?

Nein. Endlich hatten Hildegard und Marlene sich entkleidet. Nicht so hastig wie in schönen Träumen, von blanker Leidenschaft getrieben, sondern mit einem Mal schamvoll, aber sie hatten es getan. Und selbst in der Scham offenbarte sich Gier.

Die Außerirdische überließ die beiden Damen für eine Weile ihrem Glück und wechselte den Kanal.

Aus unerfindlichen Gründen hörte eine Person auf, eine andere, die sich dann vor Liebeskummer fast zu Tode grämte, zu lieben. Warum nur? Ein Kind warf sein Schul-

brot weg, graue Leberwurst mit Stücken, und dachte „bäh".
Die Strafe folgte auf dem Fuße. Nicht nur, daß es zu regnen begann – zu Hause war die Mutter freiwillig aus dem Leben geschieden. Kleine Sünden bestrafte die Außerirdische sofort.

Hildegard Buhmann und Marlene Gott hatten sich vor das Sofa auf den Teppich begeben.

Auf den Teppich gestreckt. Auf die Matte geworfen. Mit vor Genuß geschlossenen Augen lag Hildegard da und umfaßte Marlenes nackte Brust, die herabhing und ihr entgegenstrebte, groß und weich. Ihre aneinandergepreßten Bäuche erzeugten unanständige Geräusche. Hitze floß zwischen ihnen, gleichsam einer verschwendeten Energie, die nur dazu diente, Sex und Gefühl anzufeuern.

Hildegard schob die andere, freie Hand zwischen ihre Bäuche, was nicht einfach war, sie blieb immer wieder an den Schweißtropfen des Luxus kleben, und gelangte zu Marlenes Geschlecht. Dort war es feucht. Automatisch wollte sie einen Finger weiter hineingleiten lassen.

Aber sie wartete. Warum denn so schüchtern, Frau Buhmann? Sie wartete am Eingang, der sich um ihren Finger zu schließen begann und ihn hineinsaugen wollte, aber Hildegard war sich nicht sicher.

Sie dachte: *Darf ich jetzt einfach so in dich reingehen?* und zögerte. Scheu öffnete sie die Augen, um nachzuschauen: um in Marlenes Gesicht abzulesen, wie weit sie war.

„Geh in mich rein!"

Hildegard mutmaßte, daß es sich hierbei um einen Befehl handelte.

Eine ganz und gar nackte Marlene Gott. Gewaltig lag sie auf ihr. Dieser große, unbekannte Körper. Prächtig. So anders.

So anders – als Henriette. Endlich fiel es Hildegard ein.

Wie unpassend. Henriette. Ausgerechnet jetzt fiel ihr ihre Lebensgefährtin ein. Aber eigentlich hatte Henriette all das verdient, das und noch Schlimmeres, obwohl sie gar nichts davon ahnte. Sie hatte die kleine Rubina zum Essen eingeladen. Hildegard hatte das Essen ganz alleine kochen und Zeugin davon werden müssen, wie Henriette derweil mit

Rubina schäkerte und rummachte. Diese Erniedrigung. So etwas ließ sie sich nicht gefallen. Es bohrte und nagte noch immer in ihr. So etwas ließ sie nicht mit sich machen: Hildegard als Lakai!

Später dann mußte die völlig besoffene Rubina auf das Notbett verfrachtet werden. Sie sprach am nächsten Morgen kein Wort.

„Mach schon", stöhnte Marlene Gott und biß in Hildegards Unterlippe, die sofort anschwoll.

Dadurch kehrte Hildegard in die derzeitige Wirklichkeit zurück. Die aktuelle Wirklichkeit bestand aus grauen Augen, in denen sie dieses heftige, lüsterne *Mach-schon* las, aus ihrer geschwollenen Lippe und dem fremden Körper, der sich verlangend an ihrem rieb.

Nein. Nicht Rubina war es, die an ihrem Ego fraß.

Der Riemen ihrer eigenen Handtasche, mit dem sie gefesselt worden war, der fraß und fraß. Wie sie gefesselt dagelegen hatte. Machtlos. Ketchup auf ihren reinen Bratkartoffeln. Die Lust, die ihr aufgezwungen wurde und dann flächendeckend auf sie übergriff. Die Auslieferung. Diese Erniedrigung! Hildegard mochte gar nicht mehr daran denken, aber sie mußte. Der Sieg Henriettes. Diese Blöße! Es fraß sich hindurch, so lange, bis ihr Ego zerlöchert war wie das Gehirn eines Alzheimer-Patienten. Sie konnte es nicht vergessen. Die grenzenlose Lust, die sie dabei überkommen und beherrscht hatte. Die war das Schlimmste. Immer wieder kam es und erschien als Szenario der Unterwerfung vor ihrem geistigen Auge. Und es erregte sie.

Marlene Gott hatte ihren Oberkörper angehoben und sah Hildegard an. Hildegard erwiderte den Blick, blieb mit ihren an Marlenes Augen haften und ging vorsichtig, ganz vorsichtig mit einem Finger in sie hinein. Sie dabei anzusehen, war nicht leicht, selbst für eine erwachsene Frau wie sie; die sogartige Intimität eines *Blickes* beim Sex, aber schließlich wollte Hildegard es. Sie wollte sehen, wie sich dieses Gesicht in der Leidenschaft verwandelte. Wie sich seine Züge verzerrten und an Schmerz erinnerten. Göttlicher Schmerz.

Ihr Finger verharrte und traute sich nicht weiter, obwohl

Marlene dort so weich war, so naß und so einladend, und all das Nasse galt ihr! Sie wagte nicht, noch weitere Finger hinzuzuziehen.

Marlene jedoch sagte: „Mehr!"

Von den grauen Augen, die sie unverwandt anblickten, die in sie eindrangen, sah Hildegard jetzt lieber weg. Marlenes Brüste schaukelten über ihr. Also gut, mehr Finger. Keine – auch Frau Gott nicht – sollte sie zimperlich nennen.

Marlene Gott beugte ihren Kopf hinab, anfangs zu einem Kuß der Unschuld. Dann glitt sie mit ihrem Mund weiter nach unten und biß so fest in Hildegards Hals, daß es die Grenze zum Schmerz überschritt. Profaner Schmerz.

Scharf zog Hildegard die Luft ein und wand sich: von Marlene und ihren Zähnen weg und zugleich zu ihr hin. Angefeuert kniff sie in eine Brustwarze, die sofort reagierte und hart wurde.

Als Marlenes Zähne erbarmungslos erneut zuschlugen, schwirrten vor Hildegards geistigem Auge, begleitet von apokalyptischen Posaunen, schlagartig alle Rollkragen und Halstücher in ihrem Kleiderschrank herum, um sich schätzen zu lassen.

„Tiefer!" forderte Marlene.

Tiefer. Mehr. Kein Widerspruch möglich.

Und Hildegard tat es. Tiefer. Mehr.

Marlene war offen und weit. Hildegard stellte jegliches Denken ein und vögelte sie so heftig, daß die Adern an ihrem Arm anschwollen.

Hildegard keuchte, von ihrer eigenen Heftigkeit mitgerissen, vom Groben und Zügellosen, in Fahrt gebracht von ihrer eigenen Wildheit, in der sie sich gar nicht mehr wiedererkannte. Dieses Tier, außer Rand und Band, war das noch Hildegard?

„Omeingott", keuchte das Tier, und noch einmal: „OMEINGOTT!", als Gotts großer Körper über ihr erschauerte.

Ganz klebrig vom Luxusschweiß waren Hildegard und Marlene an das blaue Sofa gelehnt. Erschöpft. Entzückendes Schweigen: in einträchtiger Harmonie verrieben sie einander den Schweiß an den Oberschenkeln, am

Bauch, zwischen den Brüsten, am Nacken und kosteten danach ihre Finger. Wie frisch verliebt.

Im selben Moment fiel beider Blick auf die Madonna.

Marlene befreite sie von Hildegards Unterhose und nahm sie vom Sofa.

Mit ihrer roten, feuchten Zungenspitze leckte Marlene über den Madonnenkopf. Nun glänzte er naß. Sie schob ihn langsam in ihren geöffneten Mund und umschloß ihn mit ihren Lippen. Sie saugte daran. Dabei ließ sie Hildegards Augen nicht aus den ihren.

Als sie ihn wieder herausholte, starrte Hildegard paralysiert auf den Speichelfaden, der Marlenes Mund mit dem Madonnenkopf verband.

Marlene fuhr mit der Madonna zart vom Knie aufwärts an Hildegards Oberschenkel entlang, an der Innenseite, dort, wo es weich war und wo einige dunkle Haare, wie verloren und nicht abrasiert, aber gerade deshalb aufregend, ihren Blick bannten; sie fuhr mit dem speichelnassen Madonnenkopf weiter hoch, zu den dichten, drahtigen Haaren und rieb.

Hildegard blieb die Luft weg. Sie bekam heiße Ohren, sie spürte es genau. Die standen ihr sicher nicht gut.

Marlene zeichnete mit dem Madonnenkopf die Umrisse des heiligen Schamhaardreiecks nach.

Es wurde fester gerieben.

9

Ich bin 43 Jahre alt, und das ist meine erste wahre Beichte. Ich bereue, daß ich Böses getan und Gutes unterlassen habe.

Hildegard lag flach. Marlene Gott fesselte Hildegards Hände mit der orangefarbenen Strumpfhose. Langsam und gründlich.

Dann setzte sie sich auf die Büßerin und strich mit der Madonna, Verlängerung ihrer eigenen Hand, über Hildegards Brüste. Die Brustwarzen streckten sich empor, auch wenn die Eigentümerin nicht so recht wußte, was sie davon halten sollte – wegen einer Madonna?

Verstohlen betrachtete Hildegard die Madonna. Sie war

schlank, schmal und von zeitloser Eleganz. Wie hatte sie sie nur für eine ordinäre, grobschlächtige Sherryflasche halten können?

Hildegard ahnte voraus:

Sie paßt hinein!

Aber sie befürchtete stark:

Bremst das Jesuskind nicht? Irgendetwas an dem Jesuskind – oder vielleicht sein Vorhandensein an sich – störte sie. Die Madonna – na gut. Aber Jesus? Das war zuviel.

Marlene, offenbar mit telepathischen Fähigkeiten ausgestattet, sagte:

„Keine Bange. Wir tun dir nichts."

„Dreh dich um!" ordnete sie an. Hopp, schon lag Hildegard auf dem Bauch. Marlene nahm Platz und flüsterte, auf ihr liegend, kleine Schweinereien in ihr Ohr. Hildegard spürte die Brüste an ihrem Rücken und das Schamhaar an ihrem Hintern, gegen den es aufreizend rieb.

Aber gerade, als es so richtig begann, als Hildegard die kleinen Schweinereien genoß und mehr davon hören wollte, rutschte Marlenes schöner Körper, der sie ganz bedeckt hatte, auch schon wieder herunter. Das war schade.

Ergeben wartete der Rücken der Ausgelieferten auf Marlene und auf das, was sie wohl als nächstes tun würde und zuckte bei jeder Berührung leicht zusammen. Ganz ohne Kontrolle. Marlene strich darüber, sie knetete den Rücken durch und bedeckte ihn mit schlabbernden Küssen. Den Speichel rieb sie wie ein exquisites Massageöl in die Haut.

Hildegard waren die Hände gebunden, das schien fortan ihr Schicksal zu sein.

Sie stützte sich mit den Ellbogen ab, aus freien Stücken, und kniete sich mit hoch erhobenem Hinterteil hin.

Marlene Gott hatte einen ganz wunderbaren Hintern vor sich. O wie er sich ihr anbot! Wie er auseinanderklaffte! Wie sie mit beiden Händen dabei nachhalf!

„Was es da alles zu sehen gibt", sagte sie betont dominant, denn sie wollte keinesfalls zu erkennen geben, daß dieser Anblick ihr den letzten Rest Verstand raubte.

Das orangefarbene Strumpfhosengeknäuel um Hildegards schmale, zarte Handgelenke. Die stürzende Linie des Rückens, des Nackens, die genau zu erkennenden einzelnen Wirbel, der auf dem Boden ruhende Kopf, dessen Gesichtsausdruck sie nicht sehen konnte. Bestimmt war darin leise Angst, ganz sicher war darin Lust zu lesen. Was für eine Kombination.

Der Hintern. Marlene Gott hatte einen wunderbaren Hintern vor sich. Die dunklen Haare, die hervorschauten. Einladende Öffnungen. Bereit. Bereit für sie. Rotes Fleisch. Marlene packte Hildegard an den Hüften und leckte über die Spalte. Dann griff sie hinein.

„Habe ich dir erlaubt, so naß zu sein?" fragte sie.

„Nein", flüsterte Hildegard leise vor sich hin.

„ – So NASS und so lüstern?" schob Marlene nach – wie auch ihren zweiten und dritten Finger.

Sie stieß zu, anfangs nur halb-fest, um es anzutesten. Dabei mußte sie selbst aufstöhnen. Und sie spürte: sie selbst war naß, ätsch. Und nicht zu knapp. So naß, daß es sich wie ein Herabsickern an ihren Beinen anfühlte. Das hatte ihr auch keine ausdrücklich erlaubt.

Oder doch? Ein höheres Wesen – SIE, die jenseits von allem stand?

Marlene nahm die Madonna, entschlossen und voller Tatendurst.

Dies sind meine Sünden: Ich begehe Ehebruch. Ich bin unzüchtig mit Frau Gott. Ich lasse mich soeben von Frau Gott mit einem heiligen, geweihten Gegenstand vögeln.

10

Marlene Gott mußte aufs Klo.

Schlaff und erschöpft lag Hildegard da, wie dahingeworfen, und blickte dem dahinschreitenden nackten Körper, an dem es auf- und abwippte, hinterher. Dann sah sie sinnierend zur Zimmerdecke. Wie hatte diese Frau eigentlich so schnell ein Gleitmittel herbeigezaubert, das auch mit im Spiel gewesen war? Was Frauen alles so in ihren Handtaschen hatten. Mit ihrem hoch erhobenen Hinterteil hatte Hildegard dagehockt, o einfach wundervoll war es gewesen, so ausgeliefert, so in Erwartung dessen, wie sehr Marlene Gott von hinten in sie hineinstoßen würde und wo hinein sie gehen würde, und wie all ihre Muskeln sich dann entspannten und öffneten und wie sie das Nasse glitschen hörte. Unanständig. Ausgeliefert. Anstößig und schmutzig. Und an die kühlere Luft erinnerte sie sich, die an ihrem nassen Fleisch noch kälter wirkte, an die kühlere Luft, die ihren Hintern und die offene Spalte umfächerte, und an Marlenes Hand, die sich von vorn an ihrer Klitoris zu schaffen gemacht hatte -

Ihr fiel etwas ein. Siedendheiß. Mit matschigen Beinen und einem Kopf voll wohliger Leere, in den jetzt aber der Drang nach Erkenntnis Einzug hielt – *Was? Was steht da nur geschrieben? Etwas über mich?* –, stand sie auf, begutachtete nebenbei ihre vom Akt arg rotgescheuerten Knie und suchte den karierten Notizblock.

Schnell, schnell! Er mußte gefunden werden. Noch bevor Marlene zurückkam! Sie mußte ihn finden!

Was hatte Marlene Gott auf dem Schreibblock notiert?

Fester!

5.
Henriettes Rache

Wer war Marlene Gott?

Henriette saß nackt auf Hildegards blauem Sofa. Allein in der Wohnung. Ihr Körper war noch von der Dusche erhitzt. Ihr Geist jedoch war kühl, als sie Hildegards Notiz betrachtete.

Marlene Gott. Diesen extraordinären, zugleich aber so schlichten Namen hatte Hildegard noch nie erwähnt. *Warum nicht?*

Mit einer Unterhose aus Hildegards Kleiderschrank in der einen und dem Notizzettel in der anderen Hand saß Henriette unschlüssig da und fühlte Mißtrauen in sich aufkeimen. Kräftiges, gesundes Mißtrauen blühte im Zeitraffer unter der Rubrik *Ich kann Hildegard nicht über den Weg trauen* zu voller Pracht auf.

Sie betrachtete erneut die Notiz. Hildegards Handschrift, kein Zweifel. Wieso um alles in der Welt stand unter der Adresse dieser Frau, dieser suspekten Marlene Gott: „Alle begehren mich"?

Die Unterhose in ihrer linken Hand besaß die zarte Farbe von gedünstetem Lachsfilet. Henriette wußte, daß Hildegard sehr an ihr hing; sie hatte im Unterhosenstapel ganz zuunterst gelegen, damit Henriette sie nicht finden würde. Dabei sah Henriette, wenn sie bei ihrer Lebensgefährtin duschte, in jenem Stapel immer zuerst ganz unten nach. Zwischen den Unterhosen versteckt hatte Henriette noch eine andere Notiz in Hildegards Handschrift gefunden: „körperlicher Schmerz beim Empfang der Hostie" – aber die interessierte sie jetzt weniger.

Der böse Notizzettel hingegen hatte ganz unverborgen auf Hildegards Schreibtisch gelegen, nur spärlich bedeckt von drei Büchern – *Weibliche Formen der Rache, Wilde Begierde ohne jedes Gefühl, Gibt es außerirdische Lebensformen* –, einigen Manuskriptseiten und einer Fernsehzeitung, in der alle Melodramen angekreuzt waren.

Henriette legte das lachsfarbene Stück Stoff, das sich sonst um ausgesprochen schöne Körperteile Hildegards spannte, über ihren nackten Schenkel. Sie dachte nach. Irgendetwas war doch. Irgendetwas war anders, seit sie die-

sen Notizzettel gelesen hatte. WER WAR MARLENE GOTT?
Sie legte den Zettel weg und schritt langsam zum Badezimmer. Nackt und stolz. Die Nagelschere fand sie schnell.

Ausgerüstet mit ihrer Lesebrille, Nagelschere, destrukti-
ven Gedanken und der Unterhose ihrer Geliebten setzte
sie sich an Hildegards Schreibtisch; dort war es hell genug
für die nun folgende akribische Arbeit. Eine Weile begutachtete sie die Nähte der Unterhose und entschied sich
dafür, den Faden am Bauchsaum zu durchtrennen. Kurz
dachte sie an den weichen Bauch ihrer Lebensgefährtin,
daran, wie sich seine Muskeln beim Sex anspannten, an
die Linie der dunklen Haare vom Bauchnabel zur Scham.
Daran, daß es sie rührte, Hildegards Schweiß darauf zu
sehen und langsam abzulecken. Dann zog sie solange am
Faden, bis der Saum aufgeribbelt und kräuselig war – obwohl dies ein seltsamer Spaß war, brachte es ihr große
Freude, kaputtmachen! – und riß den Faden ab. Kaputtmachen, aber mit Feinsinn.

Sie strich die Unterhose glatt, faltete sie ordentlich zusammen, legte sie zurück in den Schrank und nahm sich
eine neue.

Ein finsterer Plan reifte in ihr heran, während sie
sich anzog.

Zuerst hielt sie es nur für einen nicht ernstzunehmenden
Einfall, aber als sie nun erneut auf Marlene Gotts Adresse
blickte, dachte sie: *Wieso nicht?*

Ja, wieso eigentlich nicht? Hildegard war außer Reichwei-
te. Keine Gefahr plötzlicher Entdeckung, und obwohl Henriette nichts Verbotenes zu tun beabsichtigte, war ihr wohl
bei dem Gedanken, ihre Geliebte in diesem Moment behü-
tet in einem ICE, der sie davontrug, zu wissen. Sie stellte
sich ihre Hildegard im Zug vor, Mrs. Tiefeseele, schön,
dunkelhaarig, in ihrem schwarzen, engen Kostüm, be-
stückt mit Laptop und Mobiltelefon. Daß Hildegard immer
so angeben mußte.

Und in der Tat saß Hildegard Buhmann in diesem Moment nichtsahnend im ICE, der sie mit einer Spit-
zengeschwindigkeit von 250 km/h immer weiter vom Ort
des folgenden Verbrechens entfernte.

Von Zeit zu Zeit diktierte Hildegard in ihr kleines,

schwarzes Diktiergerät und genoß es, dabei von den Mitreisenden beobachtet zu werden. Auf dem Bildschirm des aufgeklappten Laptops, der auf ihrem Schoß lag, blinkte der Cursor in einer wohltuenden, vertrauenerweckenden Beständigkeit, die es im wirklichen Leben nicht gab.

Hildegard Buhmann trug ihr Liebstes, das schwarze Kostüm. Über den Walkman, den sie heimlich vor Fahrtantritt aus Henriettes Wohnung geholt hatte, sie klaute oft den Walkman ihrer Lebensgefährtin, hörte sie: „I've got to let the world know that you're mine. Mine mine mine."

„Meins", summte Hildegard energisch vor sich hin, „meins! Meins! MEINS!" Der Rhythmus des Liedes erinnerte sie stets an Sex.

Henriette wählte Marlene Gotts Nummer.

Der Anrufbeantworter sagte: „Marlene Gott ist unerreichbar." Weiter nichts.

„Es geht um Hildegard", sprach Henriette mit sicherer und fester Stimme auf das Band, „Hildegard Buhmann. Wenn Sie an einem Deal interessiert sind, rufen Sie heute abend unter Frau Buhmanns Nummer an. Wenn Sie es nicht tun, melde ich mich morgen wieder bei Ihnen."

Henriette legte auf und kam sich vor wie im Fernsehen. Ha! Das hatte sie gut gemacht. Gerade, als sie aufstehen wollte, um sich zufrieden ein Bier aus dem Kühlschrank zu holen, klingelte das Telefon.

Jetzt schon? So schnell?

Henriette nahm ab. Tief und sinnlich sagte sie: „Ja-a?"

„Marlene Gott hier. Mit wem spreche ich?"

„Das tut im Moment nichts zur Sache." Professionell.

„Aber vielleicht sagen Sie mir wenigstens, worum es geht?"

„Das besprechen wir besser persönlich. Ihre Adresse habe ich. Ich schlage heute abend vor."

„Wer sind Sie?"

„In einer halben Stunde bin ich bei Ihnen." Henriette legte auf.

Sie wechselte die Kleidung und zog einen dünnen Rollkragenpullover von Hildegard und ihre Markenjeans mit Knopfleiste und einem Riß in Kniehöhe, für die sie mit Anfang Vierzig allmählich ein bißchen zu alt war, an. Als sie in eine Lederjacke und westernartige Stiefel schlüpfte und ihre Ausstattung mit schwarzen Lederhandschuhen vervollständigte, fragte sie sich, was sie dieser Marlene Gott eigentlich sagen sollte. Vielleicht hatte sie einfach nur etwas mit Hildegards Fernsehjournal zu tun? Etwas rein Berufliches? Aber warum hatte Hildegard, die sonst ausgiebig zum Plappern und insbesondere zum Jammern neigte, dann nie etwas von ihr erzählt? Und überhaupt, Hildegard benahm sich seltsam in letzter Zeit. Freundlich und distanziert. Und wieso stand neben Marlene Gotts Adresse *Alle begehren mich?* Henriette würde es herausfinden.

Marlene Gott indessen dachte: „Was war das denn?"

Sie fragte sich fieberhaft, ob es sich um eine Drohung handelte, wie im Fernsehen. Stand dieser Anruf in irgendeinem Zusammenhang mit der Hildegardepisode, die sie so eindringlich und heftig an die Gefühle gemahnte, die offenbar auch tief in *ihr* schlummerten? Gab es eine Frau mit rechtmäßigen Ansprüchen auf Hildegard Buhmann, die es herausgefunden hatte? Vielleicht hatte Hildegard es ihr freimütig erzählt, weil es ihr gar nichts bedeutete? Und was meinte diese Frau mit „Deal"? Wollte sie Hildegard loswerden?

Immer dachte sie zuviel nach. Sie dachte zum Beispiel an den Schoß Hildegard Buhmanns auf dem Sofa direkt vor ihrem Gesicht, offen, bereit für ihre leckende Zunge. Das Rot der Lippen war in ihrem Gedächtnis geblieben.

Als sie gerade beschlossen hatte, den Anruf zu vergessen und stattdessen vor sich hinträumte, rote pralle Lippen soll ich küssen, klingelte es aufdringlich zweimal an der Haustür.

Ihr entgegen streckte sich ein bedrohlicher schwarzer Handschuh.

Verdattert schüttelte Marlene den Handschuh, schüttelte viel zu lange und nahm die Frau mit den grauen Haaren und der betont jugendlichen Kleidung, die kriegerisch vor ihr stand, erst richtig wahr, als diese ihre Sonnenbrille absetzte und fragte: „Marlene Gott?"

Endlich ließ Marlene die Hand los und bemerkte, daß die grauen Haare flauschig waren und ihre Besitzerin attraktiv.

Sie hatte einen Riß im Hosenbein, und sie wirkte so, als hätte sie ihn vor lauter Kraft mit ihren eigenen Zähnen gerissen.

„Und wer sind Sie?"

Da sie Marlene Gotts Blick auf dem Loch in ihrem Hosenbein ruhen sah, winkelte Henriette das betreffende Bein so an, daß die Haut zu sehen war.

Wie am Telefon sagte sie: „Es geht um Hildegard", diesmal mit Grabesstimme, um sich Einlaß in Marlene Gotts Wohnung und in ihr Herz zu verschaffen. Wenn sie darauf nicht ansprang, gab es sowieso keinen Grund zur Sorge.

Henriette hatte einen finsteren Plan, ganz plötzlich war er in ihrem Kopf entstanden und verlangte nach sofortiger Ausführung. Manchmal muß man auch spontan sein. Was immer Hildegard getan hatte – irgendetwas hatte sie bestimmt getan, denn unschuldig war sie nie –, sie wollte sich an ihr rächen. Und so, wie diese Frau Gott sie gerade ansah, hatte sie gute Chancen, ihren Racheplan in Kürze zu verwirklichen.

Aber dann kam alles ganz anders.

2

Es begann in der Gottschen Küche, in die Marlene sie gebeten hatte.

Sie stand da mit einem großkotzigen Was-wollen-Sie-eigentlich-in-meiner-Küche-Gesicht, und sie blieb auch noch stehen, nachdem Henriette sich gesetzt hatte. Dieser wirklich unfreundliche Gesichtsausdruck löste bei Henriette echten Trotz aus. Ja, sie war passend gekleidet.

Marlene Gott öffnete das Tiefkühlfach ihres Kühlschranks und entnahm ihm einen Eiswürfelbehälter und eine weiß überfrorene, vor Kälte dampfende Wodkaflasche. Aus einem Vitrinenschrank holte sie zwei Gläser, goß die gleiche Menge Wodka in jedes Glas und darauf eine gelbliche, zähe Flüssigkeit aus einer grünen Flasche. Schleim. Sie sprach kein Wort. Sie drückte sechs Eiswürfel heraus und komplettierte damit klingelnd den Cocktail.

Wortlos wurde das Glas vor Henriette auf den Tisch geknallt, und sie konnte sich des Eindrucks nicht erwehren, daß nun etwas wie unter richtigen Männern ausgetragen werden sollte.

Der Cocktail schmeckte ausgezeichnet.

Es wurde noch immer eisern geschwiegen. Gehustet. Frisuren wurden geordnet und die eigenen Hände betrachtet. Es wurde weggesehen. Henriette saß breitbeinig auf ihrem Stuhl und wollte jetzt loslegen. Frauen sind so offen. Sie würde den Ball, zumindest den verbalen, mit einer grandiosen Einleitung ins Rollen bringen:

„Henriette!"

Marlene Gott schwieg. Nach einer Ewigkeit sagte sie lahm:

„Sie heißen also Henriette."

„Ja."

Marlene Gott schwieg.

Hat Hildegard mich etwa nicht erwähnt?

„Hat Frau Buhmann mich nicht erwähnt?"

„Nein. Sollte sie?"

Nun schwieg Henriette. Sie drohte zu platzen. Warum hatte Hildegard nicht in den höchsten Tönen von ihr gesprochen? Geschwärmt? Gejubelt? Sie beweihräuchert? Mit einem strahlenden, aber auch geheimnisvollen Lächeln im Gesicht, diesem wissenden, distinguierten Damenlächeln? Das nahm ihr den Wind aus den zuvor so stolzgeblähten Segeln, mit denen sie mächtig in die Gottsche Wohnung hineingeschifft war.

„Noch einen davon?" fragte Marlene in Henriettes gekränkte Gedanken hinein und nahm ihr leeres Glas weg, ohne eine Antwort abzuwarten.

Nach der Hälfte des zweiten Cocktails tat der Wodka seine Wirkung. Henriette fühlte sich leidlich aufgeräumt. Sie verengte ihre Augen zu kleinen, bösen Schlitzen und wappnete sich innerlich.

Marlene Gott kramte unterdessen eine Tüte Gummibären hervor, ganz entspannt, wie es schien, schüttete den Inhalt auf den Tisch und pickte alle orangefarbenen heraus, aus denen sie ein Häufchen bildete. Sie wies auf die restlichen Gummibären und fragte der Höflichkeit halber: „Wollen Sie?"

Marlene stopfte sich ungefähr zwanzig orangefarbene Gummibären auf einmal in den Mund. Keine Bärchen, sondern dicke Bären. Henriette hielt sich lieber an den Wodka.

„Was führt Sie zu mir?" fragte Marlene kauend.

Als ob sie das nicht wüßte! „Ich möchte mit Ihnen über Hildegard sprechen", antwortete Henriette freiheraus und kippte mit ihrem Stuhl, so daß er ächzte.

Da verzog Marlene Gott vor Schmerz das Gesicht.

„Sie weiß doch die ganze Zeit, wovon ich rede", dachte Henriette, „sie weiß es doch. Sie soll nicht so tun. Was denkt sie?"

„Was machen Sie denn sonst so, ich meine, außer eine Bekanntschaft mit Frau Buhmann zu haben?"

Eine Bekanntschaft! Das denkt sie?

„Ich heile Tiere", sagte Henriette grimmig.

Natürlich war es gelogen. Hildegard Buhmann hatte sehr wohl über ihre Freundin Henriette, die Tierärztin, gesprochen. Sie schien ihr aufrichtig zugetan. Hildegard war in verliebtes Schwärmen geraten und hatte nur Gutes erzählt. Nicht, daß Henriette Stühle ruinierte.

Aber Marlene hielt es für klüger, davon nichts zu erwähnen. Erst recht nichts von den zarten Spitzen einer ihr bis dahin unbekannten Eifersucht, die sie verspürt hatte. Der Sex mit Hildegard hatte sich so nachhaltig in ihrem Gedächtnis festgegraben, daß sie ihn vor ihrem gierigen geistigen Auge wiederauferweckte, immer wieder, auch in neuen, nie dagewesenen Varianten. Wie gut, daß nur sie das alles sehen konnte. Andere Gemüter hätten es gar nicht verkraftet. Marlene Gott schien im Begriff zu sein, ein gewisses kleines Gefühl heranzuzüchten.

Und sie war nur allzu neugierig auf diese Tierärztin gewesen; daher kam ihr der Anruf Henriettes sogar gelegen. Sie war neugierig auf alles. Darauf, wie sie aussah – so gut, wie sie befürchtet hatte –, darauf, wie sie überhaupt war, im allgemeinen, und wie sie im besonderen im Bett war. Das würde sie am eigenen Leib allerdings nie erfahren. Oder doch?

Marlene sah Henriette an und stellte sie sich zwanghaft bei sexuellen Handlungen mit Hildegard vor.

Vielleicht sollte sie herausfinden, wodurch sich Henriette auf jenem Gebiet auszeichnete. Sie rumzukriegen dürfte nicht schwer sein. Die Welt wäre wieder in Ordnung. Vielleicht würde es sogar guter Sex werden, so ganz frei von Emotionen.

Sie stellte sich das BITTE HÖR NICHT AUF! aus Hildegard Buhmanns Mund vor, als Marlene sie geleckt hatte. So flehentlich. So geil.

An was denke ich da schon wieder. Marlene Gott mußte sich rügen.

Dann blickte sie zu Henriette und versuchte, in ihr Hirn vorzudringen. *Was weiß sie? Was denkt sie?*

„Wir sollten aufhören, drumherum zu reden", sagte Marlene. „Wir sollten Tacheles reden."

„Gerne."

Tacheles bedeutete in diesem Fall:

Eine Unterhaltung über Marlenes Kücheneinrichtung, die Qualität schwedischen Wodkas und das pubertäre Gebaren der Nachbarstochter Nanette Klosowski; des weiteren ein Gespräch über spezifische Hautkrankheiten des Meerschweinchens und deren Symptome. Einen gewissen Pep gaben der Plauderei Andeutungen aus Marlenes Mund voller Heimlichtuerei, manchmal war es auch nur ihr Blick, der signalisierte: Ich weiß etwas, was du nicht weißt!

Das Wissen auf beiden Seiten, jedoch in Schweigen gehüllt: Wir beide kennen Hildegard. Aber ich kenne sie besser.

Sie liebt mich seit zwölf Jahren wie wahnsinnig.

Ich kenne Hildegard ja erst kurz, aber Zeit ist nicht alles. Von Null auf Hundert.

„Jetzt zeige ich Ihnen mein Wohnzimmer."

Als könnten sie das, was im Raum stand, einfach in der Küche zurücklassen.

3

Im Gottschen Wohnzimmer fühlte Henriette sich etwas unbehaglich. Besonders, als sie versuchte, ihr Glas auf dem blauen Hocker vor ihren Beinen abzustellen, der jedoch gewölbt war, so daß das Glas herunterzurutschen drohte. Ein Wohnzimmer voller Objekte.

„Ist dieser Riß auf natürliche Weise entstanden, oder

haben Sie nachgeholfen? fragte Marlene und strich mit den Fingern ganz flüchtig über Henriettes nacktes Knie.

„Das interessiert mich wirklich!"

Die Berührung erschien Henriette unangebracht. Aber zugleich war es ein wohliges Gefühl.

„Sind Sie Hildegards Freundin?" fragte Marlene weiter und drückte ihr schwitzendes Wodkaglas kurz auf das bloße Stück Haut an Henriettes Bein. Kalt! Naß!

Dann verhakte sie einen Finger im Riß am Hosenbein und vergrößerte ihn langsam, ganz langsam, wobei ein häßliches, kleines Geräusch entstand.

Huch!

Es wirkte auch zärtlich, beinahe wie eine Liebkosung, und das war Henriette unheimlich. Es war viehisch, aber doch fein, und es pflanzte sich bis zu ihrer Wirbelsäule fort und fuhr als Schauder an ihr entlang, heiß kalt heiß kalt. Wenn sie davon absah, daß sie über die Größe des Risses gern die alleinige Verfügungsgewalt behalten hätte. Und schöne Augen hatte Marlene Gott auch. So unglaublich hell. Ach, die Augen, immer die Augen, aus denen die Seele spricht. Hatte Marlene Gott eine Seele?

„Darf ich Sie mal was fragen?" sagte Henriette und stellte ihr Wodkaglas auf dem weiter entfernten unkonventionellen Couchtisch ab, wozu sie sich allerdings über Marlene, die neben ihr auf dem schwarzen Sofa saß, beugen mußte.

„Warum haben Sie meine Hose kaputtgemacht?"

„Och", entgegnete Marlene Gott, „ich bin manchmal gern ein bißchen grausam. Und Sie sahen so aus, als wäre es bekömmlich für Sie."

Henriette dachte: *ICH bin doch grausam.*

Grausamkeit war ein diffiziles Unterfangen, eine schwierige Bestimmung. Ja, sie hielt es für eine Bestimmung. Es gehörte Feinsinn dazu. Es war eine Kunst. Ein weites Feld. Grausamkeit war ihr Metier. Und sie konnte SO-SCHÖN-GRAUSAM sein. Ihrer Hildegard gefiel es immer gut.

Ihre Hildegard? Was war zwischen Hildegard und Marlene vorgefallen?

„Frau Buhmann ist mehr als nur meine *Freundin*", sagte Henriette, um Erhabenheit bemüht.

„Natürlich." Marlene Gott sah lange in Henriettes Augen

und lächelte versonnen.

Warum grinst sie so blöd?

„Das habe ich mir nach Ihrem Anruf schon gedacht."

Grausamkeit war eine Kunst. Eine Berufung. War Marlene Gott etwa noch grausamer? Es behagte Henriette nicht, in dieser Frau womöglich ihre Meisterin gefunden zu haben, die sie überbot.

Achwas. Ein großer Schluck aus dem Cocktailglas, ein gezielterer Blick auf Marlene Gott. Henriette erinnerte sich daran, welcher Plan sie hierhergeführt hatte.

Wollte sie denn wirklich? Wollte sie Marlene Gott jetzt nahekommen, ganz nah? Wollte sie Intimitäten mit ihr austauschen? Wollte sie ihren Körper? Oder vielleicht nur ein bißchen küssen?

Wenn schon, dann richtig.

Nachdem die gute und die böse Henriette es miteinander ausdiskutiert hatten, stellte sich die Frage: wie beginnen?

Das Hinüberbeugen über Marlene auf dem schwarzen Designersofa zum Zweck des Glasgreifens schien ein geeigneter Anfang. Vielleicht sollte sie sich verführen lassen und die Unschuldige spielen, um dann im geeigneten Moment megagrausam und gekonnt zuzuschlagen.

Also tat sie es und verweilte zwei Atemzüge lang dicht vor Marlene Gotts Körper. Sie wartete. Aber nichts geschah. Keine liebende und begehrende Hand legte sich ihr auf den Rücken.

Henriette hatte im Laufe ihres Lebens gelernt, mit kleineren Enttäuschungen fertigzuwerden. Daher die vielen, von Reife zeugenden grauen Haare. Ihre Hildegard, Mrs. Großeworte, war auf dem Kopf ja noch immer jungfräulich-dunkel.

Henriette beschloß, erst einmal abzuwarten, das Gespräch fortzusetzen und etwas Wesentliches richtigzustellen.

„Hildegard Buhmann ist meine *Geliebte!*" korrigierte sie, nicht ohne Stolz.

„Wir lieben uns."

Ganz frei und unverkrampft war es über ihre Lippen gekommen. Und als sie es gesagt hatte, inzwischen mächtig aufgeräumt vom Wodka, merkte sie, daß es stimmte, oja. Sie liebte Hildegard.

Marlene Gott indessen glotzte.

„Wir wohnen nicht zusammen", fuhr Henriette fort. „Das tun wir absichtlich und bewußt. Es ist unsere Entscheidung. Wegen der Freiräume."

Marlene Gott glotzte wie eine Kuh.

„Wir führen eine ausgesprochen moderne Beziehung", dozierte Henriette weiter, „in der auch eigene Interessen zählen. Sie sind genauso wichtig wie gemeinsame. Wir halten nämlich nichts von Symbiosen." Wie glatt und flüssig die Worte heraussprudelten! Über wieviel Esprit sie in dieser Stimmung doch verfügte! Und wie sie immer das WIR betont hatte.

„Fein", sagte Marlene.

„Natürlich streiten wir uns auch manchmal."

„Natürlich. Wegen Sex?"

Diese Frage überhörte Henriette. Sie kicherte mädchenhaft – denn sie war eine multiple Persönlichkeit und konnte Mädchen, Mann, grausam und ganz-Frau zugleich sein – und sagte: „Aber die Versöhnung ist dann immer schön."

„Und der Sex?" bohrte Marlene.

„Da haben wir keine Probleme", sagte Henriette, duldete keinen Widerspruch und ahnte, daß es die Unwahrheit war.

„Keine Probleme?" stocherte Marlene.

Ihr Blick sagte: *Ich glaube dir kein Wort.*

Und ihr Mund sprach es aus: „Ich kann nie so ganz glauben, wenn gesagt wird: MIT SEX HABE ICH KEINE PROBLEME."

„Die Wahrheit ist dem Menschen zumutbar", zitierte sie altklug. „Aber Sie müssen ja selbst wissen, ob Sie Probleme haben."

Ein Wohnzimmer voller Giftigkeit.

Toxisch belastet hatte Henriette vorübergehend ihren Vorsatz vergessen, bis Marlene Gotts Hand sich unvermittelt auf ihren Schenkel schob. Es ging aber schnell zur Sache.

Jetzt wollte Henriette es ihr zeigen. Dieser aufgeblasenen Tante, die offenbar meinte, die Psychologin spielen zu müssen. Dr. Gott. Sie würde ihr zeigen, daß sie keineswegs sexuelle Probleme hatte, wie ihr unterstellt wurde, sondern die pure Lust verkörperte. Sie würde ihr einen Einblick darin geben, eine kleine Kostprobe davon, wie gut sie es Hildegard machte und was Hildegard an ihr hatte.

4

Nach kurzer Zeit machten beide einen wodkabedingt aufgeräumten Eindruck, und es entbehrte nicht eines gewissen Reizes, wie die Gürtelschnallen ihrer Hosen so fest gegeneinanderschubberten. Das Geräusch blanken Metalls. Und wie sie sich dabei auch ineinander verhakten.

Marlene und Henriette machten es wie die Gürtelschnallen. Sie rieben und verkeilten sich. Sie keuchten.

Doch Henriette unterbrach.

Sie wollte nicht ausgezogen werden, das war ihr soeben klargeworden, sondern es alleine tun. Vor Anstrengung stöhnend, denn ihre Füße steckten wie einzementiert drin, entledigte sie sich ihrer Cowboystiefel. Das war der Anfang.

Aber Marlene Gott machte ihr einen Strich durch die Rechnung, öffnete Henriettes Gürtel und zog ihn mit einem einzigen, festen Ruck aus den Schlaufen. Das Leder knallte.

Von dieser forschen Gangart war Henriette verunsichert. Um nichts in der Welt hätte sie das zugegeben. Henriette ließ sich nicht gerne verunsichern. Sie haßte es. Besonders, wenn es eine Fremde, der sie mit großen Ressentiments gegenüberstand, tat.

Schnelle Eroberungen zählten nicht zu ihren Spezialgebieten, vor allem, wenn der eroberte Kontinent ihr Körper mitsamt der Kleidung daran war. Sie fühlte sich beobachtet, zur Hinnahme verurteilt, und hätte sich gern hinter zahlreichen eigenen Aktivitäten versteckt, trotz der multiplen Persönlichkeit.

Sollte es die ganze Zeit so weitergehen? Sie wollte zurück auf ihr eigenes Terrain und ertränkte ihre Unsicherheit in einem langen Kuß, denn das zumindest beherrschte sie.

Marlene erwiderte den Kuß und ließ sich nicht von ihrem Vorhaben abbringen. Während oben Henriettes Zunge gründlich ihren Mund bis in den letzten weichen Schleimhautwinkel erforschte, war Marlene weiter unten mit den Knöpfen an Henriettes Jeans beschäftigt. Langsam öffnete sie jeden einzelnen. Als es vollbracht war und Henriettes Bauch freilag, legte sie ihre Hand darauf und schob sie unter der Unterhose her zur Scham. Sie griff in das Schamhaar, löste ihren Mund von dem Henriettes und flüsterte in ihr Ohr: „Dann werden wir mal sehen, ob du Sexprobleme hast."

Manche Gespräche beim Sex waren einfach tödlich!

Da sie merkte, wie Henriette erstarrte, sagte Marlene: „Herrje, das war ein Scherz! Du bist aber empfindlich."

„Alles wieder gut?" fragte sie direkt im Anschluß und lächelte entwaffnend. Sie streifte Henriettes Jeans über ihre Hüften, die Unterhose zog sie gleich mit herunter, und deutete ihr an, daß sie jedes selbständige Entkleiden zu unterlassen habe.

Als sie die beiden Hosen zusammen etwas rabiat über Henriettes Füße zog, krachte eine Naht. Die Unterhose. Henriette fiel ein, daß sie Hildegard gehörte und daß es schon die zweite an diesem Tag war, die sie auf dem Gewissen hatte, auch wenn sie in diesem Fall nur Mittäterin war.

Marlene stand auf und zog elegant Hose, Strümpfe, ihr weites T-Shirt aus und ließ all diese Kleidungsstücke zu Boden fallen, bis auf das T-Shirt, das warf sie zu Henriette. Sie stemmte ihre Hände in die Hüften. So stand sie in Unterhose und BH da, ganz selbstverständlich, und Henriette sah zum ersten Mal ihren Körper.

Marlene Gott schien sich ihrer Sache sehr sicher zu sein, wohingegen in Henriette allmählich verstärkte Zweifel über das Bevorstehende aufkamen. Wollte sie denn wirklich?

Reithosenspeck, diagnostizierte sie, um sich abzulenken, und dazu waren Mängel und niveauloses Heruntermachen immer gut.

Dann mit einem Mal entsann sie sich der nicht unerheblichen Mängel ihres eigenen Körpers, die sie zwar nie als solche, sondern selbstbewußt als exklusiv-an-Henriette betrachtet hatte, aber irgendetwas sagte ihr: Du mußt jetzt sehr gut aussehen. Du mußt bestehen. In jeder Hinsicht.

Außerdem, um ganz ehrlich zu sein, empfand sie nichts an dem Körper, der sich vor ihr präsentierte, als Mangel. Im Gegenteil. Er war weich, makellos und schön.

„Was dagegen, wenn ich ein paar Photos mache? Als Erinnerung." Marlene verließ das Zimmer, ohne eine Antwort abzuwarten.

Photos? Daß ihren Makeln nun aber auch noch so nah auf die Pelle gerückt würde, im Bild für die Ewigkeit dokumentiert!

Henriette ließ sich nichts anmerken, als Marlene mit einer Polaroidkamera zurückkehrte.

„Mein Hobby ist die erotische Photographie. Und wir müssen sowieso erst mal ein bißchen warm miteinander werden. Also. Mach die Beine breit."

Die erotische Photographie war Marlenes Hobby in Wahrheit erst seit wenigen Minuten. Aber sie wollte etwas von Henriette, das sie von Hildegard Buhmann nicht besaß. Natürlich wäre es nicht dasselbe.

Henriette jedoch vereitelte das Photographieren, indem sie sich mit lautem Gestöhn auf Marlene stürzte.

„Mein Hobby ist harter Sex", konterte sie und schob zur Demonstration ihre Zunge ohne Vorwarnung tief in Marlenes Mund. Sie ertastete die Zahnreihen, den Gaumen und registrierte, daß Marlene immer dann kleine Seufzer entfuhren, wenn sie mit ihrer eigenen Zunge sehr hart und direkt über die der Geküßten fuhr.

Allerdings wußte sie selbst, daß sie auf Dauer nicht um die Photos herumkommen würde. Besser, sich gleich damit abzufinden. Marlene Gott machte einen entschlossenen Eindruck, entschlossen zu allem, denn nun zog sie Henriette vollständig aus.

„Ich wollte dich nicht erschrecken", sagte Marlene und strich zum Warmwerden über Henriettes Brust, „ich will nur, daß du etwas lockerer wirst. Du bist so verkrampft."

5

ZWEI FRAUEN PRIVAT:
Quer über den Parkettboden kroch die nackte Henriette
auf allen Vieren auf den wärmenden, schutzbietenden De-
signerteppich zu.

Mit der Polaroidkamera in der Hand, bekleidet mit
schwarzem BH und Unterhose, spitzenbesetzt, kroch Marlene Gott ihr hinterher. Hin und wieder blieb sie hocken
und drückte auf den Auslöser; ein hübsches Motiv, diese
Frau mit den herabhängenden, wippenden Brüsten, die
Backen des Hinterns wippten ebenfalls, und all dieses
Wippen würde auf einem Foto leider eingefroren sein.

Die eiligst heraussurrenden Ergebnisse verstreute Marlene
ringsumher auf dem Fußboden und kroch weiter, ihr hinterher, um sie zu erreichen und zu packen.

Ganz plötzlich, ohne daß sie es sich hätte erklären können, machte Hildegard Buhmann das monotone
Zugfahren keine Freude mehr. Sie hörte auf zu diktieren
und packte den Walkman übellaunig in die Tasche.

Warum nur diese unerklärbar schlechte Stimmung? Als
hätte eine fremde, böse Macht ihr eine Ladung Welt-
schmerz eingeimpft. Oder Liebeskummer. Ob sie den
Schokoriegel, den Henriette in ihre Tasche gesteckt hatte,
essen sollte? Ob das helfen würde?

Es wird schon wieder weitergehen.

Als Marlene Gott sich auf sie legte, hatte Henriette sich in ihr Schicksal ergeben und wollte genommen
werden. Sie war naß. Sie wurde richtig scharf.

Das war auch gut so. Es war nur recht und billig, ihren
Spaß dabei zu haben. Sie war so erregt, daß nun dringend
etwas geschehen mußte.

Ich will, daß du mich von hinten vögelst.

Das sollte passieren. Und was tat diese blöde Kuh? Etwas
ganz anderes! Wieso tat sie etwas anderes? Sie drehte Henriette auf den Rücken und machte sich mit der Zunge zwischen ihren Beinen zu schaffen.

Vielleicht war es jetzt Henriettes Aufgabe, ihren Wunsch
zu artikulieren, mit Worten oder Taten, während Marlenes
forsche Zunge sich unbeirrt durch die Haare vorwärtswühl-

te – aber andererseits: sollte diese Frau es doch gefälligst erahnen und spüren! Sie wollte nicht geleckt, sondern heftig gevögelt werden. Sonst wäre alles aus, kaputtgemacht.

Emsig betrieb Marlene Gott Cunnilingus, so wie sie es gelernt hatte. Mit der Gewißheit „Was ich tue, wird sie erregen" zog sie alle Register und machte alles kaputt.

Ganz so, wie es im Lehrbuch stand, fuhr – nebenher – ihr korrekt angefeuchteter Finger auch in Henriettes Arschloch hinein.

Ich muß das jetzt durchziehen, dachte Henriette und konzentrierte sich auf die Lust. Auf die Zunge. Auf den Finger, der sich in sie bohrte. *Was sie tut, muß mich doch erregen!*

Allerdings wurde sie von ihrem Wunsch, der sich von Marlenes Taten unterschied, so abgelenkt, daß sie nicht richtig mitmachte, dabei aber fieberhaft darüber nachsann, wie sie ihre anfängliche Erregung zurückgewinnen konnte.

Unterdessen leckte Marlene sie weiter.

Der Kopf zwischen ihren Beinen erschien Henriette ,viel weiter weg als nur dort unten – planetenweit entfernt erschien er ihr, auch die Hände, die jetzt ihre Hüften umfaßten und sich unter ihren Hintern schoben.

Aber Henriette wollte. Wenn sie schon einmal angefangen hatten. Sie wollte jetzt einen Orgasmus, um ihrer selbst willen wollte sie ihn und auch, um die Frau dort unten, zwischen ihren Beinen, planetenweit von ihr entfernt, nicht zu kränken.

Sie drückte mit beiden Händen Marlenes Kopf näher an ihr Geschlecht und konzentrierte sich auf die Zunge. Sie befreite sich endlich aus Marlenes Umklammerung, um ihr Becken so bewegen zu können, wie sie es brauchte. Sie schloß die Augen. Sie konzentrierte sich und bewegte ihr Becken. Sie konzentrierte sich mehr. Fester.

Jede von beiden wollte den Punkt erreichen, an dem die Lust ein über die Ufer tretender Fluß, ein mitreißendes Inferno würde, die Nässe sollte hervorquellen und nicht versiegen, an den Beinen sollte sie herabsickern – und jede wollte unbedingt die Verursacherin dessen sein.

Jede von beiden dachte, daß die andere ein Weitermachen bis zum Ende von ihr erwarten würde, und keine wollte die andere enttäuschen.

Also machten sie weiter.

Godzilla gegen King Kong

Henriette hielt Marlene, die sich gerade klammheimlich davonmachen wollte, an einem Unterschenkel fest, rutschte auf Knien an sie heran und zog ihre schwarze Unterhose bis zu den Knöcheln herunter. Nacheinander hob sie Marlenes Beine an und sagte ihr dadurch: *Steig aus deiner Unterhose heraus.*

Nun trug Marlene Gott nur noch ihren BH. Henriette drückte blitzschnell ihr Gesicht mitten in die Haare zwischen den Beinen.

Genaugenommen tat sie das, weil Marlene vorhin nicht von hinten in sie hineingegangen war, so wie erwünscht.

Sie half mit einer Hand beim Teilen der rotblonden Haare nach, deren Ton mit jenem korrespondierte, den Marlenes Kopfhaar besaß; sie drückte Nase und Mund weiter hinein, weiter, noch weiter, und biß leicht zu.

Genaugenommen tat sie das, weil sie sich als die Grausamere von beiden erweisen wollte, als die Aktive und Offensive, die Fordernde und Drängende – als die Macherin. Endlich war ihre Stunde gekommen.

Alles hatte sie im Mund. Lecken. Wenn Marlene Lecken so gut fand – das konnte sie auch. Sie leckte sie wüst im Stehen. Es fühlte sich so an, als hätte sie die ganze Frau Gott im Mund.

Allmählich pendelte sich die anfangs widerspenstige Marlene Gott in ihren eigenen Rhythmus ein, hielt Henriettes Kopf und begann, ihr Becken über Henriettes Mund vor- und zurückzubewegen.

Dieser Rhythmus verwirrte Henriette, die Macherin, er blockierte sie geradezu in dem, was sie vorhatte. Sie konnte jetzt keine Hemmnisse gebrauchen. Marlene Gott sollte davon in Fahrt kommen, wie *sie* es ihr machte, und so hielt sie den Rhythmus ihrer Zunge eisern dagegen. Divergierende Systeme.

Wacker sträubte sich Marlene und zwang Henriettes Kopf mit den Händen zuerst sanft, dann immer nachdrücklicher und härter in ihre Beckenbewegung hinein, vor und zurück.

Aber Henriette hörte mittendrin einfach auf.

Sie hörte auf, weil ihr der Sinn jetzt nach etwas anderem stand.

„Komm runter zu mir", sagte sie, „komm auf den Boden und sag etwas Schönes."

Komm. KOMM. Marlene Gott sollte *so* kommen, wie *sie* wollte.

Sie zog die vor Verblüffung willige Marlene an den Armen zu sich herunter.

Und da sie auch weiter willig blieb, schmiß Henriette sie kurzerhand auf den Rücken und setzte sich auf sie.

„Sag etwas Schönes!" Henriette fand, daß sie sich jetzt auch eine Prise Romantik verdient hatte. Die gehörte bei Frauen einfach dazu.

Marlene Gott erstarrte, ihre grauen Augen blickten sie voller aufrichtiger Verwunderung und auch Erschrockenheit an.

Henriette blieb auf ihr sitzen und wartete.

„Etwas Obszönes?" erkundigte sich Marlene.

Subjektive Schwerhörigkeit. Widerwillig mußte Henriette loslachen; das paßte ihr gar nicht ins Konzept. Sie legte ihre Hände auf Marlenes Brüste. Den BH empfand sie nicht als Hindernis, sondern als besonderen Reiz.

Dann nahm sie ihre Arme an den Handgelenken, wieder ein Gedankenblitz, bog sie nach hinten auf den Teppich und hielt sie dort fest. In Marlenes Augen glaubte sie ein begeistertes *Oja! Oja!* zu erkennen. Sie küßte sie, aber es war nur die Andeutung eines langen Kusses, denn immer, wenn Marlene mehr wollte und ihre Zunge zwischen Henriettes Lippen drängte, zog Henriette sich zurück und hob ihren Kopf.

Henriette machte, und sie unterließ. Schön.

Hatten sie jetzt endlich den Dreh?

Marlene Gott dachte:

OH NEIN! OH NEIN!

Sie dachte: „Was tut diese Frau hier mit mir? Sie fuhrwerkt an mir herum!" Vielleicht war es ungerecht und zickig, vielleicht sollte sie mehr bei der Sache und klassisch-devot sein, aber so fühlte es sich an.

„Sie hat schöne graue Haare", dachte Marlene, „und mit diesen Zähnen könnte sie ohne weiteres meine Halsschlagader durchtrennen, so wie den Stoff ihrer Hose, aber das ist ja nicht alles im Leben. Warum macht sie nicht, was ich will?"

Kurz hatte sie im Sinn, den Mund nicht zum Stöhnen, das sicher von ihr erwartet wurde, zu öffnen, sondern um „Wir sollten mal kurz über Sex reden, meinst du nicht auch?" zu sagen.

Die Frau auf ihr schien sich unterdessen dazu entschlossen zu haben, es langsam, ganz langsam zu treiben.

Sie leckte sehr ausgiebig Marlenes Achselhöhlen, sie saugte an allem, was sich ihr darbot, garniert mit präzisen, kleinen Bissen. Bemerkenswert lange hielt sie sich an ihren Oberschenkeln auf. Die Schenkel wurden nach den Regeln der Kunst liebkost, wobei Henriette noch einige Regeln mehr erfand.

Und ihr Bauch wurde bearbeitet. Die Scham umging Henriette in großen und kleineren Bögen, aber Marlene wußte: erfahrungsgemäß wäre auch sie gleich dran.

Henriette griff zu, überall und äußerst geschickt. Sie hatte traumhafte Hände. Marlene hätte es sich als durchaus anregend vorstellen können, aber sie stand draußen, weit weg, ausgesperrt. Was hier geschah, hatte nichts mit ihr zu tun.

Wenn der Sex zum Desaster wird

Marlene wurde einsamer und einsamer. Ob es sich so für die Tiere in einer weiß gekachelten Tierarztpraxis anfühlte?

Aber vielleicht lag der Fehler bei ihr. *Wer A sagt, muß auch B sagen,* dachte Marlene und konzentrierte sich auf die Lust. Auf das Zentrum der Lust, etwa in ihrer Körpermitte. Auf das pulsierende, rote Fleisch zwischen ihren Beinen. Los, komm schon. Auf die Hand, die sich soeben ihren Oberschenkel hinaufschob und dem Fleisch näherte. Auf die Finger, die jetzt ihre Lippen auseinanderspreizten und sich langsam Einlaß verschafften.

Sie fuhrwerkt seelenlos an mir herum.

„Ich muß mal mit dir reden", sagte Marlene.

Auf einen Schlag hellhörig geworden, ließ Henriette von Marlene ab. Die Alarmanlage des Mißtrauens schaltete sich in ihr ein: Was kommt denn jetzt? Ich muß mal mit dir reden. Das erinnerte Henriette an Hildegard,

wenn diese irgendwelche kleinkarierten Beschwerden vorzubringen hatte, wie es ihre Art war, z. B. darüber, daß sie
Bratkartoffeln mit Ketchup haßte oder daß es ihr mißfiel,
wie Henriette immer ihren Teller ableckte. Und an ihre se-
lige Mutter erinnerte es sie auch, denn dieser Satz war, vor
langer Zeit, stets nach dem Eintreffen blauer Briefe gefallen.

„Ist etwas nicht in Ordnung?" Henriette hatte das ganz
sanft gesagt, und auf diese Sanftheit führte sie die Tränen
zurück, die sie in Marlenes Augen zu entdecken glaubte.
Auch Frau Gott war eben nur eine Frau.

Es waren echte Tränen. Nur einige wenige, die
sich als winzig kleiner See im inneren Augenwinkel sam-
melten.

Eine einzige rollte von dort herunter.

7

„Es soll schön werden", dachte Marlene Gott quengelig.
„Es muß doch immer schön sein!"

„Komm, wir gehen ins Bett", sagte sie und nahm Henriette bei der Hand.

„Na komm schon!" forderte sie die zögernde, in sich ver-
sunkene Henriette auf. *Was hat sie denn?* Sie küßte und
herzte sie zur Aufmunterung, vor allem zu ihrer eigenen,
und strich über die grauen Haare. Wie flauschig und
weich.

Henriette ließ Marlene vorgehen und machte einen Ab-
stecher ins Badezimmer.

Sie verzweifelte. Entsetzlich. Was hatte sie falsch gemacht? Marlene Gott hatte sogar weinen müssen. Sie hatte
doch alles richtig gemacht!

Während sie pinkelte und ihr solche trübsinnigen Gedanken durch den Kopf gingen, entdeckte sie auf der Wasch-
maschine ein Paar Latexhandschuhe und einen blauen
Dildo in Form eines Hais.

Hat sie den etwa in Hildegard reingeschoben?

Das bedeutete: noch viele trübsinnige Gedanken mehr.
Daß sie dieses Zubehör so offen herumliegen lassen

mußte. Andere Frauen versteckten sogar ihre Tampons. Aber Frau Gott schien über so etwas erhaben zu sein und über eine Menge gesunden Stolzes zu verfügen. Angeberin. Außerdem sah Henriette eine Broschüre auf rosa Papier. Sie las:

„Sprich mit der Frau, mit der du schläfst, über deine sexuellen Wünsche. Teile sie ihr mit. Zeige sie ihr, wenn du nicht in der Lage bist, sie auszusprechen, mit deinen Händen. Schäme dich nicht. Führe ihr vor, was du gern hast. Sie kann nicht hellsehen.

Aber denke nicht nur an dich selbst! Höre dir auch ihre Wünsche an. Respektiere sie so, wie du deine eigenen Wünsche respektiert haben möchtest und handle ihnen gemäß."

Diese pastorale Gebrauchsanweisung kam ihr gerade recht. Sie erschien ihr wie Hohngelächter. Wie eigens für sie dorthingelegt. Seliges Geben und Nehmen. Als hätte Marlene es vorher gewußt.

„Es muß doch immer zügellos und leidenschaftlich sein", dachte Henriette, „naja" – sie machte eine Einschränkung, schließlich litt sie nicht an Realitätsverlust – „zumindest muß doch der Funke überspringen."

Sollte die Ära der guten Liebhaberin Vergangenheit sein?

Im Bett. Im warmen, weichen Bett. Schön zugedeckt.

Eigentlich war Marlene Gott allmählich zu alt für harte Spielchen auf Teppichböden und Küchentischen, oder sie fühlte sich bei dieser Frau zu alt dafür; es mangelte ihr an der Motivation, sich blaue Flecken zuzuziehen und die Knochen zu stoßen. Daß diese Frau aber auch alles falsch gemacht hatte.

Sie betrachtete Henriette, die mit geschlossenen Augen auf dem Rücken lag. Was mochte sie jetzt denken? Auf der schöneren Betthälfte lag sie, denn Marlene war eine vollendete Gastgeberin. Eine ihrer Brüste schaute unter der Bettdecke hervor. Einen Moment lang wollte Marlene hinlangen, ließ es dann aber. Sie wußte nichts über sie, gar nichts, außer, daß sie die Geliebte Hildegard Buhmanns war und den ganzen Abend lang Unsinn über Goldhamster und Symbiosen erzählt hatte. *War wohl nix* geisterte durch Marlenes Gedanken. Und Hildegard Buhmann spukte dort herum.

155

Marlene stellte sich Hildegards Gesicht in Ekstase vor, dieses Bild, das sie seit neulich unlöschbar in ihrem Kopf zu speichern bemüht war. Gern hätte sie dafür das photographische Gedächtnis besessen. O bitte bitte, immer wieder abrufbar! Das Gesicht in Ekstase. Sie wollte es immer wieder haben. Alle Lust will Ewigkeit, will tiefe, tiefe Ewigkeit.

Marlene rutschte an Henriette heran, legte sich auf sie und begann, sanft ihr Gesicht zu küssen, die Stirn, die Augen, die Wangen. Sie wünschte sich einen harmonischeren Ausklang des Abends.

Prüfend und lauernd beobachtete sie Henriettes Gesichtsausdruck, um darin eine mögliche Veränderung zum Schlechten nicht zu verpassen. Sie landete immer wieder beim Mund, und aus den sanften wurden schnell abenteuerlich heftige Küsse, die unter dem Motto standen: *Verschlingen! Um jeden Preis!*

Da Marlene jedoch auch ihren Teil abhaben wollte, war sie entschlossen, diesmal die Spielregeln zu bestimmen. *Hauptsache ich!*

Nicht aus einer plötzlich über sie gekommenen, neu erwachten Leidenschaft heraus küßten sie sich heftig, sondern weil nun beide traurig waren. Ratlos. Und beide hegten einen Groll.

Die Vermutung, die jeweils andere würde ein Weitermachen erwarten, laß es uns endlich zuende bringen, blieb unverändert der Motor ihres Tuns. Wie tragisch, denn im Grunde wollte keine von ihnen sich ins Zeug legen und jetzt noch weitermachen.

Marlene lag auf dem Rücken, und Henriette war über sie gebeugt. Bei neuerlichen Erkundungen entdeckte Henriette, daß Marlene darauf ansprang, wenn sie in sie hineinging, nicht zu schnell und nicht zu fest. Langsam und gleitend. Immerhin. Vielleicht war Marlene Gott einfach nur ganz zart, und sie hatte sie überschätzt. Henriette mußte einsehen, daß es Frauen gab, die zur Sanftmut neigten und die ein Härter-zur-Sache-Gehen eher ängstigte. Allem Anschein nach war Marlene Gott so eine.

Es schien beschlossene Sache, es noch einmal miteinander zu probieren. Henriette ging langsam und stetig in Marlene hinein und belauerte dabei argwöhnisch jede Reaktion. Als Marlene leise aufstöhnte, frohlockte sie und noch mehr, als sich ihr Geschlecht der Hand Henriettes entgegenstreckte, denn nun war sie auf dem rechten Weg.

„So?" fragte Henriette flüsternd, und Marlene bejahte.

Marlenes Bewegungen wurden schneller. Sie drückte ihr Becken weiter nach oben, nahm den Kopf zurück und spannte ihre Beinmuskeln an.

„Ist es so gut?" Besser zweimal fragen.

Marlene bejahte es nochmal und nochmal und nochmal, sie atmete keuchend mit geöffnetem Mund, und sie machte dabei einen nahezu wütenden Eindruck.

Ein erleichtertes JA! war es auch, mit dem sie kam.

8

Nur wenige Augenblicke später war Marlene Gott darum bemüht, ihre Fassung wiederzugewinnen.

Eigentlich hatte sie ihre Fassung keinen einzigen Moment lang verloren. Zorniger kleiner Orgasmus. Er hatte sich danach umgehend wieder verabschiedet, so als wollte er nichts mit ihr zu tun haben, und ins Nichts verflüchtigt. Ihr war es recht, denn sie wollte auch nichts mit ihm zu tun haben.

Es schien ihr angebracht, den Abend mit derben Späßen ausklingen zu lassen. So piekste sie Henriette in die Seite und fragte vergnügt: „Bekommst du jetzt Ärger zu Hause? Kochlöffel?"

„Wenigstens eine hat sich ihre gute Laune bewahrt", dachte Henriette, die dies als ausgesprochen häßlichen Humor empfand. Außerdem war sie kitzlig. Sie fühlte sich schlecht. Sie kam sich abgehalftert vor. O fühlte sie sich schlecht. Still weinte sie ein paar Tränen in das fremde Kissen hinein, ganz heimlich.

Unter der Bettdecke legte Marlene Gott eine Hand auf ihre eigene Brust und stieß im Geist einen tiefen Seufzer aus. Sie betete: *Ach Hildegard. Vergiß mich nicht.*

Sie wünschte sich eine Berührung. Aber sie sagte es nicht. In Gedanken addierte sie all die Körperstellen, an denen sie gerne berührt worden wäre, einschließlich dessen, wie sie es wünschte: der Nacken + die Schultern + sehr zart im Gesicht + fester an den Schenkeln + Fester! + eine vorsichtig tastende Zunge am Ohr + im Ohr =

- So zählte sie alles auf, die Brüste faßte sie als eins zusammen, das zuerst zarte und dann immer heftigere Beißen in die Brust, und kam zu dem Zwischenergebnis 15. Lateinübersetzungen und Zählen trösteten sie. 15 Stellen, die es nötig hatten. Für alle 15 wußte sie Worte und wünschte sich Berührungen, deren Anzahl 15 weit überstieg. Aber sie sagte es nicht.

In diesem Moment gab sich die pubertierende Nanette Klosowski suchtartig der Masturbation hin.

Rubina befand sich in dem wohligen Zustand kurz vorm Einschlafen und phantasierte Jungmädchenträume, die so sentimental waren, daß sie davon feuchte Augen bekam. Rubina hatte ein weiches Herz.

Ich bin im Museum für moderne Malerei. Oder in einem Planetarium. All die Planeten. Dort begegne ich einer wildfremden Frau. Sie wird sofort auf mich aufmerksam -

Hildegard Buhmann vermißte zwei Schlüpfer in ihrem Reisegepäck. Sie vermutete den wohlgeformten Hintern Henriettes darin und stellte sich wehmütig vor, wie sich seine Muskeln beim Sex anspannten.

Sie entschied sich gegen das Telefonieren, wegen der Freiräume, und begann mit dem Diktat eines Liebesbriefes.

Hildegard Buhmann sprach in das Diktaphon: Liebste! Alles wird gut.

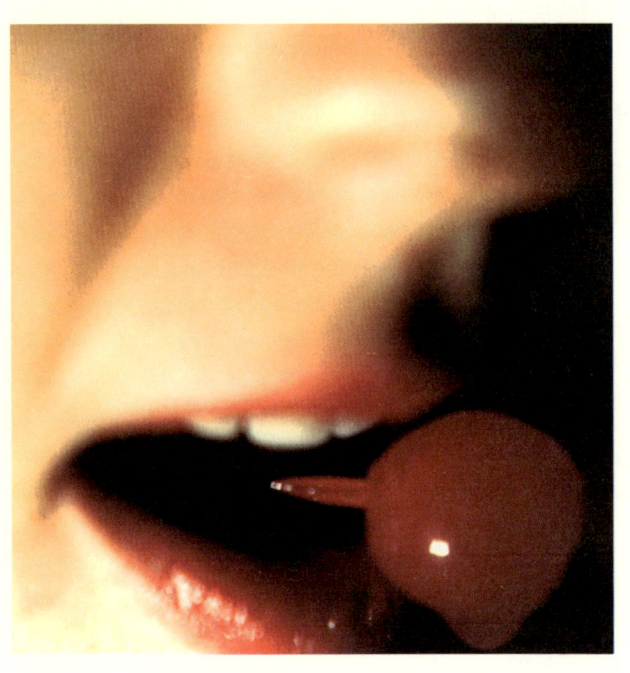